Jasmine Sanders

Devote Leidenschaft

Erotischer Roman

Blue Panther Books

Blue Panther Books Taschenbuch
Band 2306
1. Auflage: Juni 2019

Vollständige Taschenbuchausgabe
Originalausgabe

Lektorat: Sabine Wagner

Cover:
ArturVerkhovetskiy @ depositphotos.com
VGeorgiev @ depositphotos.com
Umschlaggestaltung: www.heubach-media.de
Gesetzt in der Trajan Pro und Adobe Garamond Pro

Printed in Germany
ISBN 978-3-86277-876-8
www.blue-panther-books.de

1.

Draußen schneit es, es ist bitterkalt, als Elena ihre Sachen in eine Tasche packt und darauf wartet, dass Paul und Susanne sie abholen würden. Was nimmt man mit, was lässt man zurück, wenn eine Beziehung nach fünfzehn Jahren zu Ende ist? Es war keine Trennung im Streit gewesen. Die Luft war einfach raus, sie hatten es beide schon seit Monaten gewusst, aber nun, zwei Tage nach Weihnachten, hatte Reinhard das Thema endlich zur Sprache gebracht. Sie weinten beide und wussten aber: Es war besser so, die gemeinsame Zeit war vorüber.

Reinhard hatte ihr angeboten, in der Wohnung zu bleiben, aber das wollte Elena nicht, sie hätte es nicht ertragen. Doch wohin? Ein Hotel kann sie sich nicht leisten, jemanden um Geld bitten will sie auch nicht. Da war ihr das Atelier eingefallen. Susanne und Paul, beide freischaffende Maler, hatten es vor einiger Zeit erworben und renoviert. Darin gab es ein kleines Büro mit einem Schlafsofa. Wenn man das Sofa aufklappte, war der Raum voll. Egal. Hauptsache, ein Bett - und alleine sein, das ist alles, was Elena will. Susanne war am Telefon voller Verständnis und Mitgefühl gewesen - natürlich könne Elena im Atelier schlafen, so lange, bis sie etwas eigenes gefunden hätte. Überdies wäre es ein guter Zeitpunkt, Susanne und Paul machten Urlaub in ihrer Heimat Tirol und sie hatten Sorge gehabt, das Atelier so lange unbeaufsichtigt zu lassen. Insofern würde Elena ihnen sogar einen Gefallen tun.

Keine zwei Stunden nach dem Ende ihrer Beziehung findet sich Elena alleine im Atelier wieder. Jetzt erst wird ihr ihre Einsamkeit so richtig bewusst, als sie zwischen den ungerahmten Bildern, Staffeleien und unzähligen Farbtuben steht. Die Bilder sind bunt, farbenfroh, alles andere ist weiß, die Wände, die Möbel. Weiß und kalt. Elena dreht die Heizung höher. All das Weiße um sie herum macht den Raum zwar sehr hell, aber noch kälter. Der einzige schwarze Gegenstand ist ein Ofen mit Sichtfenster, sodass man das Flackern des Feuers sehen kann.

Damit die Zeit vergeht und das Atelier sich erwärmt, geht Elena in den nahen Supermarkt. Sonst gibt es nicht viel. Vor dem Atelier befindet sich ein kleiner Platz mit einer Pizzeria und zwei heimeligen Cafés - alles sieht nicht danach aus, als wollte Elena da hinein. Trostlos ist es hier. Aber sie hat einen Unterschlupf und keiner, außer Susanne und Paul, weiß, wo sie sich befindet. Das ist auch eine Form von Freiheit.

Im Supermarkt deckt sie sich mit Lebensmitteln, aber vor allem mit Wein und Whiskey ein. Sie glaubt nicht, dass sie viel essen kann, aber trinken. Trinken, um zu vergessen.

Wieder im Atelier, ist es bereits eine Spur wärmer. Elena verstaut ihre Einkäufe in der kleinen Küchenzeile, bringt ihre Kosmetika in das winzige Bad und bezieht das Schlafsofa. Der Raum ist so klein, dass nur ein schmaler Schrank darin Platz hat, der aber bereits voll geräumt ist, deshalb wird ihre Kleidung in der Tasche bleiben. Es interessiert ja ohnehin keinen, was sie anhat und wie sie aussieht. Dann legt sie sich in ihr neues Bett, zieht die Decke über den Kopf und schläft erschöpft ein.

***

Als Elena wieder wach wird, ist es bereits dunkel. Und warm. Sie schaltet die Lampe an. Die Fenster sind aus mattiertem Glas, sodass Licht hereinfällt, aber man weder sieht, was draußen vor sich geht, noch kann man das Atelier von außen einsehen. Sie ist nun ganz für sich, Zeit, nachzudenken. Da sie keinen Hunger verspürt, schenkt sie sich ein Glas Wein ein und setzt sich mit ihrem Tagebuch wieder ins Bett. Schreibend nachdenken. Ja, sie ist traurig, denn eine schöne Zeit ist vorbei und Reinhard ist ihr immer noch ein wertvoller Mensch, wird es immer sein. Doch wenn sie ehrlich ist - es ist gut, dass ein Schlusspunkt gesetzt ist. Sie hatten nur mehr wie gute Freunde zusammengelebt. Sex hatten sie seit Ewigkeiten keinen mehr gehabt und das, was sie sexuell will, wenn sie ganz ehrlich ist - das hatte sie von Reinhard nie bekommen. Und nun … ist es nicht der perfekte Zeitpunkt, ihre geheimen Wünsche auszuleben? Festzustellen, ob das, was in ihren Fantasien vor sich geht, auch das ist, was sie tatsächlich leben will? Sie hatte »es« noch nie ausprobiert, ja, es war ihr auch schwergefallen, zuzugeben, dass es sich dabei um mehr als Träume und Sexfantasien handelt. Und dessen war sie sich immer sicherer. Seit sie denken konnte, hatte sie diese Fantasien … devote Träume, Gedanken, in denen sie einem Mann zu Willen ist, all seine Wünsche erfüllt, bestraft wird, wenn sie nicht gehorcht. Elena wird schon rot, wenn sie nur daran denkt. Aber auch feucht. Zwischen ihren Schenkeln fühlt sie ihre Nässe, ihre Möse pochte. Lust. Eindeutig. Tiefe, heiße Lust. Und kein Mann in der Nähe. Gedankenverloren, aber zielsicher wandert Elenas Hand langsam über ihre schweren Brüste, deren Warzen sich sofort aufstellen. Sie nimmt eine der Warzen zwischen Daumen und Zeigefinger und zieht daran, dreht sie, bis es wehtut. Ein heißer Blitz fährt durch ihren Körper und Elena stöhnt laut auf, die Hand wandert weiter nach untern, über den leicht gerundeten Bauch zu ihrem Venushügel, verharrt dort kurz, nein, noch nicht. Erneut dreht sie an einer ihrer Brustwarzen, bis sie vor Lust und Schmerz aufseufzt. Dann hält sie es nicht mehr aus. Kein Warten mehr. Ihre Finger dringen in ihre nasse Grotte ein, teilen die Schamlippen und schnell fährt sie mit den Fingern hinein und hinaus, umkreist ihre Klitoris, stöhnt, seufzt. Eine Hand wandert auf ihre Brust, mit der anderen masturbiert sie, reibt, hört das schmatzende Geräusch, wenn sie in ihre Möse hinein- und wieder hinausgleitet. Schneller, noch schneller. Das Tagebuch fällt zu Boden. Sie merkt es nicht, ist so heiß, so geil, nimmt diesmal ihren prallen Lustknopf zwischen Daumen und Zeigefinger, drückt, schreit auf, reibt ihn wie wild, selbstvergessen - und kommt mit einem Aufschrei. Wellen gehen durch ihren Körper, sie presst die Schenkel zusammen, wartet, bis der Orgasmus abebbt.

Das ging schnell. Wie stets, wenn Lust und Schmerz zusammenfinden. Dann dauert es nicht lange, bis sie kommt. Doch bisher hat Elena das immer nur alleine erlebt. Erziehung, das Schlüsselwort. Sie war zu einer emanzipierten jungen Frau erzogen worden, auf den eigenen Beinen stehend, stark und selbstbewusst. Wie passen da diese Fantasien in ihr Leben? Woher kommen sie? Dieser Wunsch nach Unterwerfung, Bestrafung. Woher? Nie hat Elena es gewagt, jemandem davon zu erzählen, zu sehr schämt sie sich dafür. Reinhard ahnt nicht einmal etwas davon. Um bei ihm in Fahrt zu kommen, hatte sich Elena ihrer Fantasien bedient. Aber nun … mit einem Mal setzt sie sich in ihrem Bett auf. Aber nun! Wer soll sie jetzt noch daran hindern, herauszufinden, was Sache ist? Es gibt Mittel, Wege, dies unerkannt zu erleben. Das Internet ist ein wunderbarer Ort, um sich zu verstecken und sich doch zu entblößen. Ja! Und wann, wenn nicht jetzt? Sie ist alleine, nach Liebe steht ihr nicht der Sinn - aber nach Lust, Sex. Gier, animalische Gier ist es, die Elena antreibt. Jetzt will sie es wissen. Und ist Sex nicht auch eine gute Ablenkung von ihren Beziehungsnachwehen?

Aufgeregt holt Elena sich noch ein Glas Wein und wirft ihren Laptop an, öffnet den Internetbrowser. Eine

Partnervermittlung braucht sie nicht, auf keinen Fall, davon hat sie erst einmal genug. Aber wie findet man eine entsprechende Plattform? Nach einigem Suchen stößt sie auf ein Forum, das kostenlos ist und sich auf schnelle Sexkontakte spezialisiert hat. Sie muss sich nur registrieren und ein Profil erstellen. Alles einfach, kein Problem. Doch dann kommt die Liste mit den Neigungen und Elena hält den Atem an. Soll sie? Wirklich? Doch. Sie muss wissen, wer und was sie ist und das kann sie nur erfahren, indem sie es ausprobiert. Sie ist etwas unsicher, aber klickt »devot« an. Danach liest sie sich ihre Angaben noch einmal durch. Noch ein Glas Wein. Sie fühlt sich schon etwas beschwipst und das ist gut so, denn sonst hätte sie vielleicht nicht den Mut, das Profil online zu stellen. Und nun? Heißt es warten. Doch nicht allzu lange - kaum zwei Minuten später meldet sich der erste Mann. Er heißt sie im Forum willkommen und fragt nach ihren Erfahrungen als devote Frau. Elena antwortet ehrlich, dass sie bisher keine gemacht hat, sich einmal ausprobieren will. Der Mann scheint interessiert, er suche eine Sklavin, ob Elena Interesse hätte? Und sie soll ihm ein Foto schicken. Erschrocken fährt Elena zurück - ein Foto in dieses Internet zu stellen, nein, das ist ihr nicht geheuer. Und Sklavin? Nein. Sie will keine Sklavin sein. Sie will ihre Lust und Begierde ausleben, rein sexuell. Mehr nicht. Also schreibt sie dem Mann eine Absage. Nervös, wie wird er reagieren? Gar nicht, es kommt keine Antwort mehr.

Da leuchtet eine neue Nachricht auf dem Bildschirm auf und neugierig öffnet Elena sie. Ein Mann, jünger als sie, begrüßt sie ebenfalls. Er schreibt freundlich und nett und nichts von Sklaverei, er will auch kein Foto. Er möchte etwas ganz anderes. Er will zu ihr kommen. Sie soll ihn auf dem Boden kniend und mit verbundenen Augen erwarten. Er will, dass sie ihm so einen bläst. Ohne ihn zu sehen, ohne ein Wort zu wechseln. Danach will er wieder gehen.

Elenas Herz schlägt bis zum Hals. Soll sie das wirklich wagen? Einen völlig Fremden hier hereinlassen? Und ihm einen blasen? Wirklich? Der Alkohol tut seine Wirkung. Und ihre Erregung auch, sie spürt, dass sie schon wieder nass wird. Er schreibt:

»Ich stehe voll drauf, der Gedanke dich nicht zu kennen, nicht zu wissen, wie du aussiehst, du verbundene Augen hast und ich dich in deine geile Maulfotze ficke, ist Wahnsinn. Mein Schwanz wird jedes Mal gleich hart, wenn ich nur daran denke. Deswegen gebe ich dir meine Nummer. Wenn es geht, schreib mir eine SMS, wo und wann, dann bin ich da. Ganz wichtig: kein Telefonieren oder nur ein Wort und du darfst wirklich nicht schauen und musst alles schlucken, was kommt und ihn dann wieder ganz sauber lecken. Hast du verstanden?«

Noch ein Schluck Wein. Elena ist so erregt, dass sie meint, auszulaufen, ihr Herz schlägt schneller, ihre Brustwarzen sind steif.

Mit zittrigen Fingern antwortet sie ihm:

»Ja, komm her.«

Er reagiert sofort:

»Okay, passt, brauche dann nur noch die Adresse. :-) Und wie gesagt, nur so wie vereinbart, vertrau mir. Ich mach wirklich keinen Scheiß, hätte ja auch nichts davon und du musst wirklich immer die Augen verbunden haben und kein Wort, kein einziges Wort.«

Elena: *»Okay.«*

Er: *»Es wird dir wahnsinnig Spaß machen, glaub mir, du wirst richtig auslaufen, du wirst so feucht werden wie noch nie zuvor.«*

Das ist Elena jetzt schon. In einer Stunde will er hier sein. Eine Stunde. Ihr Magen zieht sich zusammen. Angst. Aufregung. Nein. Das ist nicht der Magen. Das ist weiter unten. Sie ist so nass zwischen ihren Schenkeln, kann vor Erregung kaum atmen. Sie steht auf, schwankt etwas wegen des Weins, macht Feuer in dem schwarzen Ofen und breitet eine Decke davor aus, ein Kissen, auf dem sie knien wird. Sie weiß ja nicht, wie lange sie warten muss. Zündet eine Kerze an. Dann schnell unter die Dusche. Hektisch seift sie ihren schönen Körper ein, rasiert ihre Scham, wer weiß, vielleicht passiert ja doch mehr, will er mehr von ihr.

Sie cremt sich sorgfältig ein, besprengt sich mit Parfum. Alles in fiebriger Hast, mit flatternden Händen. Was soll sie anziehen? Das schwarze Kleid, das weite.

Zehn Minuten vor der vereinbarten Zeit ist Elena

bereit. Sie sperrt noch die Tür zum Atelier auf, damit er ungehindert eintreten kann. Ihre Wertgegenstände hat sie zur Sicherheit versteckt.

Es ist drei Uhr morgens, draußen ist alles ruhig. Sie mag die Stille um sich herum. Elena kniet im Schein der Kerze und des Feuers, die Augen mit einem schwarzen Tuch verbunden, die Arme am Rücken verschränkt. Das schwarze Kleid umhüllt sie wie die Blätter einer exotischen Blume. Wartet. Meint, dass man ihr Herz schlagen hören kann. Das Knistern des Feuers. Da! Ein Geräusch! Sie hört, wie sich die Wohnungstür öffnet. Zieht scharf die Luft ein. Jemand nähert sich. Bleibt vor ihr stehen. Sie hört, wie er den Reißverschluss seiner Hose öffnet. Sein Penis, steinhart, drückt gegen ihre Lippen. Sie öffnet den Mund, nimmt ihn auf. Ein schöner, großer Schwanz, glatt, zarte Haut. Riecht gut. Schmeckt gut. Sie umkreist ihn mit der Zunge, saugt, leckt, lauscht - und kann hören, dass sein Atem schneller wird. Nichts zu sehen, hat all ihr Fühlen, all ihre anderen Sinne geschärft. Nicht zu wissen, wer er ist, wie er aussieht und ihm doch so nahe zu sein. Sie fühlt, wie erregt sie selbst ist, erregt durch das Verbot, ihn mit ihren Händen anzufassen, nur ihr Mund an seinem Schwanz, nur das. Sie stöhnt vor Wonne, als er in ihren Mund hinein- und wieder hinausgleitet. Es ist, als würde er zwischen ihren Schenkeln sein. Mit der Zunge fährt sie den Schaft entlang bis zu seinen Hoden, umspielt auch diese mit Lippen, Zunge, kostet, knabbert, saugt sie in ihren heißen Mund ein, drückt mit der Zunge dagegen. Wendet sich wieder seinem Glied zu, das pocht und zuckt. Sein Atem wird heftiger. Er stößt schneller, hält mit seinen Händen ihren Hinterkopf fest, damit sie nicht ausweichen kann. Stößt. Stärker. Tiefer. Das ist jetzt nicht mehr schön. Sie würgt, kriegt keine Luft. Unbarmherzig. Dann kommt er, kommt mit einem leisen Schrei in ihrem Mund, ergießt sich in sie, wieder und wieder, auch sein Saft schmeckt gut. Elena schluckt, schluckt alles und leckt dann langsam seinen Schwanz sauber. Immer noch zuckt er und hält ihren Hinterkopf umfangen. Langsam lässt er los. Wieder Stille. Wieder der Reißverschluss, Schritte, die sich entfernen. Sie hört das Zuschnappen der Wohnungstür, wartet noch, wie er es befohlen hatte.

Dann nimmt sie die Augenbinde ab. Erregt und beschämt gleiten ihre Hände zu ihrer Grotte und es dauert nur Sekunden, bis auch Elena kommt, lange, intensiv. Erschöpft will sie sich auf der Decke einrollen, doch sie muss noch die Tür abschließen. Ihre Beine sind eingeschlafen vom langen Knien und sie wackelt bedenklich, muss lachen. Sie sperrt ab, legt sich nun doch in ihr Bett. Und schläft zutiefst befriedigt ein.

2.

Am nächsten Morgen erwacht sie spät. Egal, es ist die Zeit zwischen den Jahren und keiner wartet auf sie. Elena ist etwas verkatert. Hunger hat sie immer noch keinen, doch sie weiß, dass sie etwas essen muss und holt sich eine Banane, macht Kaffee und geht mit der Tasse in der Hand nackt durch das Atelier. Sie betrachtet die Bilder ihrer Freunde. Wenn die wüssten … Andächtig bleibt sie vor dem Ofen stehen, die Decke und das Kissen liegen noch an ihrem Platz - stille Zeugen der letzten Nacht. Bereut sie es? Elena lacht! Nicht eine Sekunde! Im Gegenteil, sie will mehr, mehr Abenteuer, mehr Lust, mehr Begierde. Sie hat so etwas noch nie zuvor getan, nicht einmal zu träumen gewagt. Es war verrückt. Aber es war noch mehr als das. Es war geil und heiß.

Erwartungsvoll setzt sie sich an ihren Laptop und fährt ihn hoch. Gibt es neue Nachrichten? Ja. Der junge Mann von gestern. Er will Elena wiedersehen. Und sie zu seiner Sklavin machen. Also nein, wirklich nicht. Elena hat keine Lust, ihn wiederzusehen, nicht einmal, mit ihm zu schreiben. Eine einmalige Sache, das war es gewesen und das soll es auch bleiben. Sie schreibt ihm, kurz und freundlich, aber eindeutig. Dann wendet sie sich den anderen Nachrichten zu. Manche bestehen nur aus einem Satz wie zum Beispiel: »Ich will dich am ganzen Körper lecken.« Auch schön. Doch steht ihr danach nicht der Sinn. Elena ist so hungrig und begierig nach neuen Erfahrungen.

Ein Fußfetischist will ihre Füße massieren. Bestimmt angenehm, trotzdem nicht das, was sie möchte. Die nächste Nachricht klingt schon interessanter. Sandro,

53. Er fragt, ob sie eine Nacht mit ihm verbringen möchte. Er kommt aus Südtirol, wird heute aber in Salzburg übernachten. Hotel am Bahnhof. Er will sie züchtigen, ob sie der Gedanke geil macht? Ja. Und wie. Elena ist noch nie gezüchtigt worden. Aber genau das kommt in ihren geheimen Fantasien vor. Sie lehnt sich zurück und merkt, dass ihre Nippel schon wieder hart geworden sind. Nur vom Lesen, nur von der Vorstellung ... es muss sich tatsächlich viel in ihr aufgestaut haben. Soll sie es wirklich tun? Sich in den Zug setzen und nach Salzburg fahren? Für eine ungewisse Nacht? Wie würde es sich anfühlen, wenn sie dann morgen wieder nach Hause fährt? Mit schmerzendem Po? Ihre Erregung breitet sich über den ganzen Körper aus. Warum nicht? Ja, verflixt noch mal! Warum nicht? Auch etwas, das sie noch nie getan hat und hat ihr nicht die letzte Nacht gezeigt, wie sehr sie nach solchen Erlebnissen hungert? Gar nicht lange nachdenken, ins kalte Wasser springen. Und nach der letzten Nacht, nach all der langen Zeit mit Reinhard ohne Sex, sehnt sie sich nach Händen auf ihrem Körper, nach Gier, Lust, Schweiß, Sperma, Küssen, alles, alles. Ja, sie wird fahren, was hat sie schon zu verlieren?

Noch eine Nachricht von Sandro, diesmal mit Foto - und er sieht gut aus. Sportliche Figur, obwohl ein leichter Bauchansatz zu sehen ist, doch das wirkt sogar irgendwie süß. Braune Augen, grau meliertes Haar und Dreitagebart. Gut angezogen.

***

Ich bin total verrückt, denkt Elena, als sie drei Stunden später im Zug nach Salzburg sitzt. Sie ist top gepflegt – gebadet, eingecremt, frisch rasiert. Nagellack und ein dezentes Make-up, Minirock und Strapse, schön gemusterte Strümpfe. Und kein Slip. Eingehüllt in ihren Webpelz, hat sie sich in ihren Sitz gekuschelt, die Augen geschlossen. In ihrem kleinen goldenen Rucksack ist alles, was sie für eine Nacht braucht. Eine Nacht mit einem völlig Fremden. Die Unsicherheit wächst, je näher sie Salzburg kommt, steigert sich beinahe zur Angst. Was, wenn sie den Mann nicht sympathisch findet … Nun, dann sollte sich das möglichst früh herausstellen, damit sie noch einen Zug zurück nach Wien nehmen kann.

Die Bahn fährt in Salzburg ein und Elena zittert vor Aufregung. Doch ihre Bedenken waren unnötig. Sandro erwartet sie am Bahnsteig. Ein distinguierter, ruhiger und sehr höflicher Mann. Er begrüßt Elena mit einem Kuss auf die Wange und sagt, wie sehr er sich freut, dass sie zugesagt hat. Das Zimmer ist reserviert und er hat auch einen Tisch in einem teuren Lokal bestellt. Elena ist der Mann sympathisch, er gefällt ihr noch besser als auf dem Foto und so folgt sie ihm auf die Straße hinaus, wo sein Wagen steht.

Das Abendessen verläuft ruhig, denn sie haben einander ja nicht getroffen, um gepflegte Konversation zu führen. Und doch hält Sandro das Gespräch am

Laufen. Gebildet und kultiviert, denkt Elena gerade, als sich plötzlich sein Fuß zwischen ihre Beine schiebt. Sie blickt ihn überrascht an und er lächelt. »Spreiz die Beine«, sagt er leise. Elena bekommt Gänsehaut - und gehorcht. Langsam öffnet sie ihre Schenkel. Sie sehen einander in die Augen - bis Elena wegschaut. Sein Blick ist zu heiß, zu fordernd.

»Ich möchte, dass du auf die Toilette gehst und deinen Slip ausziehst. Dann kommst du wieder und legst ihn auf den Tisch«, sagt er.

Elena wird rot. »Das kann ich nicht.«

»Doch, du kannst. Ich will, dass du mir gehorchst.«

»Ich kann es wirklich nicht.«

»Warum nicht?«

»Ich habe keinen Slip an.« Nun ist es heraus. Vorsichtig sieht sie Sandro an - was wird er von ihr denken? Er starrt sie an, zieht eine Augenbraue hoch. Dann hebt er die Hand und ruft: »Zahlen!« Sein Blick gleitet erneut zu ihr.

»Du überraschst mich. In deinem Profil stand, du bist unerfahren im D/S-Bereich.« Elena schämt sich, sie fühlt sich ertappt. Doch als er aufsteht, um ihr in den Mantel zu helfen, fällt ihr Blick auf die Ausbuchtung in seiner Hose. So falsch kann sie also nicht gehandelt haben.

Als sie kurz darauf im Auto sitzen, befiehlt er wieder: »Spreiz die Beine.« Elena zögert.

»Los!« Sie gehorcht. »Weiter auseinander und schieb

den Rock höher.« Sie tut, wie ihr geheißen, ihre Strapse kommen zum Vorschein. »Gott, bist du heiß«, ertönt es vom Fahrersitz und Sandros rechte Hand legt sich auf ihren Oberschenkel, streicht sanft darüber, wandert an seine Innenseite und berührt ihren Venushügel. Elena zuckt zusammen. »Halt still.« Seine Hand bahnt sich zielsicher ihren Weg zwischen ihre feuchten Schamlippen und ohne Vorwarnung dringt er in sie ein.

»Wie eine reife Pflaume.« Sandro grinst und Elena unterdrückt ein Stöhnen. Doch das gelingt ihr nicht lange, mit kundigen Fingern erforscht er ihre Möse. Sie legt den Kopf zurück und gibt sich ihm, seiner Hand hin, seufzt, spreizt die Schenkel noch weiter, damit er besser an sie herankommt. Sie bewegt ihr Becken seiner Hand weiter entgegen, schiebt, drängt - und ist enttäuscht, als er die Hand plötzlich aus ihrem Allerheiligsten herauszieht. Elena öffnet die Augen - sie stehen an einer roten Ampel und als sie aus dem Beifahrerfenster blickt, grinst sie ein älterer Mann gierig und höhnisch an. Ja, diese Mischung gibt es, denkt Elena und da sie sich weder schämt noch ertappt fühlt, sieht sie ihn provokant an – so lange, bis der Mann wegblickt. Sandro lacht und manövriert den großen Wagen sicher in die Tiefgarage des Hotels.

Im Aufzug zur Lobby drängt er sich an Elena und fasst erneut unter ihren Rock, seine Zunge erkundet ihren Mund - und lässt wieder ab von ihr, als der Aufzug anhält. Elena versucht mit ein paar Handgriffen, ihr derangiertes Äußeres wieder in Ordnung zu bringen. Während Sandro eincheckt, hält sie sich im Hintergrund, findet ihre Fassung wieder und beobachtet ihn. Er ist wirklich groß und stattlich, unter den engen Hosen zeichnen sich schön geformte Beine ab. Er bewegt sich, denkt Elena, mit der Eleganz einer Raubkatze. Sie fiebert dem Moment entgegen, wenn sich endlich die Zimmertür hinter ihnen schließt und sie sich ihm ganz hingeben kann.

Und dann ist es so weit - kaum haben sie den Raum betreten und die Tür ist ins Schloss gefallen, packt er sie, schiebt sie in Richtung Fenster.

»Schau hinaus«, befiehlt er mit heiserer Stimme und Elena lässt gehorsam ihren Blick über das zu ihren Füßen liegende Salzburg schweifen.

»Streck deinen Hinter heraus«, lautet die nächste Anweisung und auch die befolgt Elena anstandslos. Sandro schiebt ihren Rock bis zu ihrem Kreuz hoch und widmet sich intensiv ihren festen Pobacken. Erst streichelt er sanft und zärtlich, sodass sich die goldenen Härchen aufstellen. Langsam, aber stetig erhöht er den Druck seiner Hände, bearbeitet die Backen härter. Elena streckt ihren Rücken weiter durch - seine Hände teilen ihre Backen und sachte fährt er mit einem Finger über ihre Rosette. Sie zuckt zurück, das mag sie nicht.

»Halt still«, flüstert er, reagiert jedoch auf ihre Abneigung und seine Hand bahnt sich endlich wieder ihren Weg zu ihrer heißen Muschi, die sehnsüchtig auf Erfüllung wartet. Sanft zeichnet er die Form ihrer vorwitzigen inneren Schamlippen nach, die zwischen den äußeren hervorlugen. Dann nimmt er sie zwischen Daumen und Zeigefinger und zieht daran, stärker, immer stärker, bis Elena leise wimmert - da nimmt er seine Hand zurück und sie heult wütend auf. Sie möchte ihn endlich in sich spüren. Sie hasst diese Unterbrechungen, wagt aber keinen Protest, denn in diesem Augenblick hört sie, wie er seinen Gürtel aus den Laschen der Hose zieht. Elena weiß, was nun unweigerlich folgen wird. Sie erschaudert, hat Angst und ist doch erwartungsvoll aufgeregt.

Nun geschieht es also, zum ersten Mal - und wie jedes erste Mal wird es sich fest in ihr Gedächtnis verankern, wird niemals wieder verloren gehen; kein Schlag, der noch kommen wird, wird wie jener erste sein.

Erneut liebkost er ihren Rücken, ihren Arsch, zärtlich, langsam. Dann hört Elena ein Fauchen, ein Pfeifen - der Gürtel zerschneidet die Luft. Mit einem lauten Klatschen trifft er sie, brennend, beißend, scharf. Und gut. Elena unterdrückt einen Aufschrei, doch das unwillkürliche Ausweichen, das Wegzucken ihres Hinterteils kann sie nicht verhindern. Da packt Sandro mit beiden Händen ihr Becken und bringt es wieder in Position. Nochmals pfeift der Gürtel, trifft sie heiß und schneidend eine Spur unterhalb des ersten Schlages. Nun folgt eine Salve von Hieben. Elena will sich aufrichten, wegdrehen, dem Schmerz ausweichen - und möchte ihn doch fühlen, erleben, wieder und wieder. Sie nimmt nichts mehr um sich herum wahr, nicht Sandros steigende Erregung, hört seine Stimme, versteht die Worte nicht. Er schlägt. Wieder. Und wieder. Trifft bereits gezeichnete Stellen. Schmerz, Schmerz. Elena wimmert, erst leise, dann immer lauter, es tut zu weh. Schließlich heult sie laut auf, Tränen laufen über ihre heißen Wangen, sie spürt es, sie kann nicht mehr. Da hört er auf.

Er legt seine Hand warm und beruhigend auf ihren Rücken. Wartet. Lässt sie weinen. Langsam entspannt sich Elenas Körper, doch sie fühlt nur das Glühen und Brennen auf ihrem Hinterteil. Als er mit der Hand über die gezüchtigten Stellen streichelt, windet sie sich vor Schmerz. Wieder sucht und findet er seinen Weg zu ihrer Möse - Elena ist erstaunt. Erstaunt und entsetzt zugleich. Denn sie ist tropfnass, ihr Saft quillt aus ihr heraus und Sandro verteilt ihn auf den Innenseiten ihrer Schenkel.

Elenas Gedanken driften wieder ab, weit weg. Sie gibt sich diesem Mann ganz hin, der sie nun auf das große Bett zieht.

Er drückt sie hinunter auf die Matratze, das Hinsetzen tut weh. Sandro öffnet seine Hose und zum zweiten Mal innerhalb von vierundzwanzig Stunden hat sie den Penis eines völlig Fremden zwischen ihren weichen Lippen, in ihrem heißen Mund. Sandro gibt sich ihren Liebkosungen genussvoll hin, doch er möchte nicht in ihrem Mund kommen. Er drückt Elena nun ganz auf das Bett, streift ein Kondom über und mit Leichtigkeit dringt er in ihre klatschnasse, triefende Spalte ein. Mit einem Seufzen bleibt er erst still auf ihr liegen, schließlich bewegt er sich langsam, Stoß um Stoß in dieses heiße Nass, tiefer, schneller, härter wird sein Rhythmus.

Elena spürt erst nur den Schmerz auf ihren gezüchtigten Pobacken, der sich nun durch den Druck seiner Stöße und die Reibung auf dem Laken wieder verstärkt. Die Hitze steigt, der Druck wächst und Elenas Erregung nimmt ebenfalls ungeahnte Ausmaße an, denn dieser Mischung aus Schmerz und seinen geilen Stößen ist sie nicht gewachsen. Schreie, erst leise, dann lauter. Sandro hält ihr den Mund zu, aber sie muss schreien, vor Schmerz, aus Lust, beides so stark. Er fickt sie, lange, ausgiebig, hält zwischendurch inne, um nicht abzuspritzen. Elena schleudert ihm ihren Körper entgegen. Sie ist zum Zerplatzen erregt, geil, gierig. Sie fühlt bereits die Wellen eines gewaltigen Orgasmus, mächtiger, als sie es je gekannt hat.

»Ich komme«, keucht sie in sein Ohr. »Ja, ja, lass mich kommen!« Das treibt ihn zu einem wilden Galopp an, er hetzt sie in den Orgasmus - Elena explodiert förmlich, ergießt sich über das Laken. Er stößt weiter zu. Elena japst, hechelt, ihr Höhepunkt zieht sich in die Länge, Schmerz und Lust sind eins geworden, eine nie da gewesene Seligkeit. Wie ein Presslufthammer stößt sein

Schwanz wieder und wieder in sie - und dann schreit auch Sandro auf. Sie spürt, wie er in ihr abspritzt, seine Finger bohren sich leidvoll in ihre Muskeln, egal. Sie blickt in sein Gesicht, das verzerrt und doch schön ist. Dann bricht er über ihr zusammen.

Langsam wird ihrer beider Atem ruhiger, gleichmäßiger und er rollt von ihr herunter.

Atmen. Schweigen. Elena stellt fest, dass ihr ganzer Körper, nicht nur ihr Arsch und ihre Möse, pulsiert; irgendwie tut alles weh, aber es ist so gut, so gut!

»Danke«, flüstert sie kaum hörbar in die Stille. Sandro legt seine Hand auf ihren Kopf, streichelt über ihr Haar. Dann schläft er ein.

Elena kommt nicht zur Ruhe. Sie ist erfüllt, ihre Glieder bleischwer, doch der Geist ist hellwach. Geträumt hatte sie davon. So viele Jahre. Immer mit dem Zweifel im Hinterkopf, der Angst, dass sie sich irrt. Doch jetzt ist alles gut. Elena ist angekommen und es war noch heißer und besser als in ihrer Vorstellung. Niemals zuvor hat sie so eine Erregung verspürt, nie hatte sich etwas so richtig angefühlt.

Vorsichtig, um Sandro nicht zu wecken, gleitet sie aus dem Bett, stellt sich ans Fenster, um den schlafenden Mann zu betrachten. Er ist schön. Ja, ein wirklich schöner Mann. Doch seltsamerweise ist Elenas Erfüllung nicht an ihn gekoppelt. In ihr ist kein Verlangen, es noch einmal mit ihm zu treiben. So geil es auch war … das zweite Mal kann nur eine Enttäuschung werden.

So etwas ist nicht zu toppen und Elena wünscht keinen schalen Beigeschmack in ihrer Erinnerung. Es ist noch nicht spät, sie kann den letzten Zug nach Wien erreichen, wenn sie jetzt aufbricht. Leise, mit kurzen, schmerzbedingten Unterbrechungen, kleidet sie sich an. Überlegt kurz, reißt dann eine Seite aus ihrem Notizbuch, schreibt »Danke und alles Gute!« darauf und legt den Zettel auf ihr Kopfkissen.

Ein letzter Blick auf ihn, voll ehrlicher Dankbarkeit, dann schlüpft sie aus dem Zimmer, zieht vorsichtig die Tür hinter sich zu. Im Aufzug überkommt sie das unwiderstehliche Verlangen nach einer Zigarette. Sie zieht sich ein Päckchen aus dem Automaten im Foyer und tritt in die kalte Winternacht hinaus. Langsam, rauchend geht sie zum Bahnhof auf der anderen Straßenseite. Jeder Schritt löst einen Stich in ihren Pomuskeln aus und als sie wenig später im Zug nach Wien sitzt, fällt ihr das Stillsitzen schwer - Elena lächelt. Das waren zwei überaus erregende Abende gewesen, nicht eine Sekunde hat sie an Reinhard gedacht. Gut so. Dann schläft sie ein und erwacht gerade noch rechtzeitig, als der Zug in den Bahnhof Meidling einfährt.

Nicht die angenehmste Gegend für eine Frau bei Nacht, doch die Straßen sind wie ausgestorben. Zwanzig Minuten später schließt sie die Tür zum Atelier auf, schlüpft hinein, lässt alles fallen, wo sie gerade steht, rollt sich in ihrem Bett ein und schläft sofort tief und fest.

3.

Am nächsten Morgen erwacht Elena angenehm gerädert. Sie streckt sich ausgiebig und fühlt sich herrlich. Ihre Gedanken wandern zurück in das Salzburger Hotelzimmer. Kein Bedauern. Was Sandro wohl denken wird, wenn er aufwacht und sie nicht mehr neben ihm liegt? Egal. Das ist das Gute an ihrer jetzigen Lage. Keine Konventionen, keine Regeln, keine Erklärungen. Und vor allem keine Gefühle. Sie brennt so lichterloh wie ein verdorrter Dornbusch, will mehr und mehr erleben. Vielleicht würde manch einer sie als Schlampe bezeichnen, doch Elena ist das herzlich gleichgültig. Das ist ihre Zeit, sie will alles ausleben, was sie sich so lange verwehrt hat, jede Gelegenheit wahrnehmen und das Leben feiern und genießen.

Als sie sich aufsetzt, zuckt sie zusammen, denn ihre Kehrseite schmerzt empfindlich. Doch Elena muss lachen. Wie köstlich, ihren Körper nach dem Sex so zu spüren. Sie fragt sich, wie sie sich all die Jahre mit dem normalen »Rein-Raus-Aus« hatte zufriedengeben können. Sex muss intensiv sein - bis über die Schmerzgrenze hinaus. Sie möchte nicht blau geschlagen werden, rohe Gewalt liegt ihr fern - aber was sie gestern empfunden hat ... Mehr!, schreit es in ihr. Lustschmerz ist geil.

Wieder wandert sie nackt durch das Atelier, eine Tasse Kaffee in Händen. Sie hätte gute Lust, sich einmal malen zu lassen. Ein Aktbild. Wenn sie dann eine Wohnung gefunden hat, soll es über ihrem Bett hängen. Lust auf sie machen.

Lust ... In drei Tagen ist Silvester. Dieses Datum ist etwas gefährlich. Der ursprüngliche Plan war es gewesen, mit Reinhard und einem befreundeten Pärchen den Abend zu verbringen. Das fällt ja nun aus. Aber ganz alleine hier zu sitzen? Darauf hat Elena auch keine Lust. Sie will niemanden treffen, den sie kennt. Noch immer weiß keiner, dass sie hier ist und das soll auch so bleiben. Das gibt ihr unerwartete Freiheit. Und die soll anhalten, Elena möchte sie weiter auskosten - und keine Mitleidsbekundungen hören. Neue Abenteuer erleben und vergehen vor Lust und Leidenschaft. Also heißt es, für Silvester einen Mann aufzutreiben. Sie nimmt ihren Laptop und setzt sich nackt an den groß-en Zeichentisch, checkt ihre E-Mails. Eine berufliche Nachricht - Elena ist Maskenbildnerin, freischaffend. Die Theaterproduktion, für die man sie engagiert hatte, hat sich um eine Woche verschoben. Eine Woche mehr Freiheit!, jubelt es in Elena. Der Rest sind Nachrichten von Freunden, die von der Trennung erfahren haben, doch Elena hat keine Lust, ihnen zu antworten. Darum steigt sie wieder in das erotische Forum ein. Sandro bedankt sich in einer kurzen PN für die geilste Nacht, die er seit Langem erlebt hat und findet es schade, dass sie nicht für eine zweite Runde geblieben ist. Ob sie einander wiedersehen? Elena antwortet auch darauf vorerst nicht. Eine Nachricht von einem Mann, der sich »strenger Zuchtmeister« nennt. Er bietet ihr härteste Züchtigung, Bestrafung und Folter an. Bei ihm würde sie lernen, als willenlose Sklavin zu leben. Schon wieder einer, der eine Sklavin sucht - allerdings bleibt Elena dabei: Sie will nicht versklavt werden. Züchtigung … schon bei dem Wort wird sie feucht. Auch der Gedanke, bestraft zu werden, wenn sie nicht gehorcht, macht sie an. Aber keine Folter und was schreibt er da? Nein, schon gar nicht mit Reizstrom. Oder doch? Wie sich das wohl anfühlt? Ein Kribbeln? Ein Brennen? An ein Andreaskreuz gefesselt … Elenas Spalte beginnt schon wieder, auszulaufen vor Geilheit. Was hat sie da nur begonnen? Beunruhigt liest sie weiter, was der strenge Zuchtmeister noch mit ihr vorhätte … Ein Halsband müsste sie tragen. Und ihn mit »mein Meister« ansprechen. Angestrebt wird eine völlige Versklavung in allen Bereichen des Lebens. Nein. Das nun wirklich nicht - aber neue Schlagworte und Ziele flitzen durch Elenas flinkes Gehirn. Beim Thema »Erniedrigung« verharrt sie schließlich. Man soll ihr nicht die Würde rauben, aber sie beschämen und benutzen. Vorsichtig formuliert Elena eine PN an den Zuchtmeister, beschreibt ihm, was sie gerne möchte, was sie sich ersehnt, ausprobieren will. Er antwortet ihr sofort: Gerne wird er ihr einen ersten Einblick in seine Welt gewähren. Wann und wo? - Oh, der Mann hat es eilig. Gut so, nach langem Warten ist Elena ohnehin nicht. Nach einigem Hin und Her einigen sie sich schließlich auf den nächsten Vormittag - denn heute möchte und muss Elena sich ausruhen.

Im Spiegel in dem kleinen Badezimmer erkennt sie feine rote Striemen auf ihrem Po. Gut so.

4.

Der strenge Zuchtmeister hat Elena genaue Anweisungen gegeben, wie sie ihn zu empfangen hat. Selbsthaltende Strümpfe, einen engen Rock, keinen BH, aber eine lose Bluse, High Heels, keinen Slip. Glatt rasiert. Genauso erwartet Elena ihn an der Tür des Ateliers, vor der er mit fünfzehn Minuten Verspätung steht. Darum fragt Elena ihn lachend: »Soll ich dich jetzt bestrafen?« Der Zuchtmeister findet das gar nicht komisch. Oder verbeißt er sich etwa das Lachen? Wie auch immer - er beschließt, Elena für ihre Frechheit eine Lektion zu erteilen. Strafstehen. Zehn Minuten, mit dem Gesicht zur Wand. Feueralarm bricht in Elenas Muschi aus. Gehorsam stellt sie sich mit dem Gesicht dem mattierten Fenster zugewandt. So kann sie den Mann während ihrer Strafe im Auge behalten.

»Hände im Nacken verschränken!«

Sie gehorcht. Da tritt er hinter sie und legt eine Streichholzschachtel auf ihre rechte Schulter. Der Befehl lautet, absolut stillzustehen. Bei der kleinsten Bewegung würde die Streichholzschachtel herunterfallen. Die Anzahl der dann noch auf zehn fehlenden Minuten hätte sie durch Schläge zu begleichen.

Es hört sich leichter an, als es ist. Zehn Minuten völlig regungslos zu verharren … Elena schafft es gerade einmal vier Minuten, dann beginnen ihre Arme, wegen der ungewohnten Haltung zu zittern - sofort fällt die Schachtel zu Boden. Elena weiß nicht, ob sie sich fürchten oder freuen soll. Es bleibt ihr jedoch keine Zeit, um darüber nachzudenken.

»Dreh dich um«, sagt der Zuchtmeister.

Elena wendet sich ihm zu.

»Hol meinen Rucksack.«

Elena gehorcht.

»Und nun bitte mich um die Züchtigung.«

Oh! Das fällt ihr schwer, sie schämt sich. Doch gleichzeitig weiß sie, dass sie genau diese widersprüchlichen Gefühle erregen.

»Bitte züchtige mich«, flüstert sie mit trockenem Mund.

»Lauter!«, herrscht sie der Zuchtmeister an. »Und du hast mich zu siezen.« Na, so weit kommt es noch.

»Nein«, erklärt sie kategorisch. Der Zuchtmeister starrt sie verwundert an: »Ich warne dich - ich muss dich sonst bestrafen.«

»Ich spreche keinen Mann mit Sie an.«

Offensichtlich gefällt das dem Zuchtmeister nicht, aber der Beule in seiner Hose nach zu schließen, hat auch er widersprüchliche Gefühle. Angelegentlich beginnt er, in seinem Rucksack zu kramen - da schnalzt ihm eine Reitgerte ins Gesicht, die er irgendwie da hineingequetscht hatte. Er flucht. Normalerweise hätte Elena jetzt gelacht, doch die Gerte flößt ihr Respekt ein.

Auf seinen Befehl hin legt sie sich über seine Oberschenkel. Er schiebt ihren Rock hoch.

»Wann bist du gezüchtigt worden?«

»Vorgestern.«

»Womit?«

»Mit einem Gürtel.«

»Dann wird dir das hier gefallen.«

Einige Male streicht er über ihr Hinterteil.

»Ich will, dass du dich nicht bewegst. Sonst erhöht sich deine Strafe, verstanden?«

»Ja.«

Im nächsten Augenblick folgt ein Schlag. Mit seiner flachen Hand, nicht zu fest, aber doch so, dass es wehtut. Noch einer. Und zwei weitere folgen.

»Das war zum Aufwärmen. Steh jetzt auf und beug dich über den Tisch.«

Weiche Knie, Elena möchte nicht - doch sie weiß, dass die Gerte auf sie wartet. Also tut sie, was er verlangt. Sieht sich selbst vor ihrem geistigen Auge, wie sie da mit rotem Hintern und rotem Kopf über den Tisch gebeugt steht, an dem sie noch vor Kurzem Kaffee getrunken und ihr Müsli gegessen hat. Elena kann sich nicht erinnern, sich je so geschämt zu haben. Wieder streicht er mit der Hand über ihren Arsch. Gleich darauf surrt die Gerte durch die Luft und der Zuchtmeister platziert den ersten Schlag an der Stelle, wo Oberschenkel und Hinterbacken ineinander übergehen. Elena heult auf, das ist schlimmer als Sandros Gürtel! Viel schlimmer!

Er wartet, bis sie sich beruhigt hat. Wieder pfeift die Gerte durch die Luft, diesmal trifft er sie oberhalb des ersten Hiebes. Elena bäumt sich auf - er drückt sie wieder auf den Tisch. Mit der Gerte streicht er leicht über ihren Rücken und den gemarterten Arsch. Sie zittert. Angst, Kälte. Da spürt sie seine Hand an ihrer Möse.

»Spreiz die Beine, gib mir deine Fotze.«

Kurz darauf fingert er sie und wieder - wie ist denn so etwas möglich? Elena rinnt aus, keucht, steht kurz vor dem Orgasmus, er nimmt sie weiter, härter.

Einen Hieb mit der Gerte muss sie, bebend vor Angst, noch hinnehmen. Danach fickt er sie mit zwei Fingern, bald braucht er einen dritten, rasend schnell bearbeitet er ihr Geschlecht. Elena laufen Tränen über die Wangen, sie schreit laut und hemmungslos, durchbrochen von Gebettel, er möge sie kommen lassen! Ihre Oberschenkel beben, sie hört sein Lachen, kann sich kaum noch auf den Beinen halten, krallt sich an der Tischplatte fest, schreit, explodiert und brüllt ihren Orgasmus heraus wie ein wildes Tier! Es ist zu köstlich, so unterzugehen. Spasmen durchzucken ihren Körper, ein unkontrollierbares Zittern schüttelt sie … Dann kann sie nicht mehr, die Finger lösen sich von der Tischplatte, ihre Beine geben nach, sie gleitet zu Boden, liegt in ihrem eigenen Saft, immer noch mit gebeuteltem Körper. Sie merkt gar nicht, dass der Zuchtmeister wichsend und schnaufend über ihr steht, immer schneller bewegt sich seine Hand. Die Eichel leuchtet bereits rot, so heftig reibt er seinen Schwanz - mit einem lang gezogenen Heulen geht er ab, sein Sperma spritzt in hohem Bogen auf die am Boden liegende Elena. Sie lässt es geschehen, sie kann nicht mehr.

Nachdem der Mann sich beruhigt hat, kleidet er sich an.

»Sehen wir uns wieder?«, will er wissen.

»Nein«, antwortet Elena erschöpft. »Ich treffe mich nie ein zweites Mal.« Schweigen.

»Schade. Du bist geil. Na ja, mach's gut.« Kurz darauf fällt die Ateliertür ins Schloss. Trotz ihrer Schwäche richtet Elena sich auf, wankt hinaus, schließt die Tür ab. Danach geht sie ins Bad, um sein Sperma abzuwaschen, das sie am Bauch getroffen hat. Als sie im Bett liegt, schläft sie sofort ein.

Zweieinhalb Stunden später erwacht sie wieder. Sie hat Hunger, Durst. Nachdem sie sich versorgt hat, denkt Elena über Schmerz nach. Sie mag keine Schmerzen und Qualen erdulden. Sie hasst es. Doch ihr Körper reagiert darauf eindeutig mit höchster Erregung. Wobei - die Hiebe vorhin waren hart an der Grenze dessen gewesen, was Elena ertragen kann. Mehr darf es nicht werden, soviel steht fest. Doch bis zu diesem Punkt will sie ihre Geilheit voll genießen. Elena hat das seltsame Gefühl, sich in einer Art Zwischenwelt zu befinden. Die Zeit zwischen den Jahren kommt ihr ohnehin immer vor, als würde die Welt dann ruhiger und stiller sein, als würde alles den Atem anhalten für den Sprung in das neue Jahr. Die Situation, in der sie sich befindet, verstärkt dieses Gefühl noch. Sie weiß, dass diese Zeit begrenzt ist, irgendwann muss sie sich um eine neue Wohnung kümmern … Sie sollte schon damit beginnen, doch hat sie keinen rechten Antrieb, das zu tun. Sie ist in einem Sog, einem Rausch der Lust und Hingabe, hat das Gefühl, endlich bei sich angekommen zu sein und erstmals wirkliche sexuelle Erfüllung zu finden. Hier kennt sie keiner, sie wird diese Männer nicht wiedersehen - sie ist vogelfrei. Und das saugt sie auf wie ein trockener Schwamm. Sie möchte nicht nachdenken - nicht über Reinhard, nicht über ihre Arbeit, über gar nichts. Ganz Hingabe will sie sein und sich jene Träume erfüllen, die sie sich so lange verwehrt hat. Sie ist jetzt siebenunddreißig - worauf wartet sie also noch?

5.

Wieder im Internet, findet sie einige nichtssagende Nachrichten vor, die sie alle nicht anspringen. Da macht es plötzlich »Ping« und eine neue PN ist da. Neugierig liest Elena:

»Suche devote Frau mit großen Brüsten. Hole dich mit dem Auto ab. Ich sauge an deinen Titten und du holst mir einen runter. Lust? Taschengeld geboten.«

Natürlich hat Elena es noch nie für Geld gemacht. Bis zu ihrer Trennung von Reinhard hatte sie noch nie etwas getan, das nicht vanilla gewesen war. Was hat sie nur alles verpasst! Doch es für Geld zu tun? Erniedrigung für Geld? Etwas in ihr schreit sofort »Ja!«. Aber sie zögert … Schreibt mit dem Mann; ja, nein, vielleicht. Er redet mit Engelszungen auf sie ein, freundlich, schmeichelnd. Elena zögert immer noch. Das ist in ihren Augen schon eine andere Stufe, wenn Geld mit im Spiel ist. Doch der Reiz ist wirklich groß. Sie hilft mit Whiskey nach. Nach dem dritten sagt sie, was sie beide hören wollen, der Mann und sie selbst. Sie wird ihn vor dem Supermarkt in der Nähe des Ateliers erwarten. Auf der Straße stehen … geht sie jetzt auf den Strich? Unsinn. Sie macht es ja nur dieses eine Mal. Aber sie ist nervös. Wenn man Geld dafür bekommt, muss man es gut machen.

Eine Stunde später steht sie an der vereinbarten Stelle. Sie trägt einen BH, eine Bluse, damit er gut an ihre Brüste herankommt. Aber Jeans. An ihr Allerheiligstes lässt sie ihn nicht. Es soll so sein wie in der Annonce, die er geschrieben hat.

Elena wartet. Bei jedem Auto, das vorbeikommt, erschrickt sie, starrt nervös den Fahrer an. Aber sie fahren alle weiter. Ihre Unruhe wächst. Vielleicht hat er sie nur auf den Arm genommen und kommt gar nicht. Und wenn er doch erscheint, so wird er hoffentlich ein sauberer und gepflegter Mann sein. Sonst macht sie es nicht.

Ein Wagen hält. Grauer Ford. Schmutzig. Innen zugemüllt. Der Typ ist schmuddelig. Um die vierzig.

Raucht Kette. Aber er ist es. Immerhin, er ist rasiert und riecht nach einem billigen Aftershave. Für gewöhnlich würde sich Elena nicht mit so einem Mann einlassen. Aber das erhöht noch den Reiz. Er kurbelt sein Fenster runter und sagt: »Steig ein.« Und als sie drinnen sitzt: »Kennst du einen Platz, wo wir es machen können?« In der Nähe kennt Elena einen Friedhof, da ist es eher still, aber auch nicht so abgelegen, dass sie Angst hätte. Sie sieht die Ausbuchtung in seiner Cordhose. Sie fahren schweigend durch die Winternacht. Was sollen sie auch reden? Doch, da gibt es etwas. »Wie viel?«, fragt Elena.

»Zwanzig Euro.« Das ist weniger, als sie erwartet hatte, aber genau die richtige Summe, um sich gedemütigt zu fühlen. Und das erregt sie.

Auf dem Parkplatz beim Friedhof fährt er in die hinterste Ecke und stellt den Motor ab. Dreht sich zu Elena. Wartend. Abwartend.

»Fangen wir an?«, fragt er. Sie nickt und ist nervös, ob sie es ihm gut besorgen wird.

»Knöpf die Bluse auf.« Sie gehorcht. Er fasst sofort in ihren BH und holt ihre Brüste heraus.

»Sind ja geile Euter.« Elena schämt sich in Grund und Boden. Und wird nass. Er macht seine Hose auf, holt seinen Schwanz heraus. »Na los!«, befiehlt er. Sie schließt die Augen und greift nach seinem Penis. Lusttropfen. Er packt ihre Brüste. Drückt sie. Fest. Dann spürt sie seine Zunge auf ihren Nippeln. Er saugt. Und

Elena stöhnt. Laut.

Ihre Hand bewegt sich auf und ab. Schnell, schneller. Sein Saugen, sein Zupacken wird stark, stärker. Sie ächzen und keuchen beide. Er stinkt nach Rauch. Elena ist es recht, sie will es so. Es macht sie geil. Dieser kleine, stinkende Mann.

Da wandert er mit seiner Hand nach unten, zum Knopf ihrer Jeans. Elena merkt auch, weshalb. Ihr Becken bewegt sich unwillkürlich. Fickbewegungen. Trotzdem stoppt sie seine Hand. Nein. Kein normaler Fick in einem Auto.

»Mach langsamer, sonst komme ich gleich.« Er widmet sich wieder ihren Brüsten, heftiger, Gott, das kann er! Ihre Nippel sind so hart, empfindlich und geschwollen, sie rinnt aus, fließt weg - er explodiert. Nass und klebrig ist sein Sperma auf ihren Fingern. Er sieht sie an, sieht, hört ihr Keuchen. Weiß, wie es um sie steht. »Mach's dir«, sagt er heiser. Elena kann nicht mehr denken, sie besteht nur mehr aus Geilheit, sie öffnet ihre Hose. Nun wandert ihre Hand in die Jeans, es ist glitschig und nass in ihrer tiefen Lusthöhle. Es bedarf nur eines Augenblicks. Zwei-, dreimal stößt sie zu - und schreit auf. Presst ihre Schenkel zusammen. Ihr Oberkörper krümmt sich nach vorne. Dann Entspannung. Sie lehnt sich zurück, überrascht, wie schnell alles vorbei ist. Ihre Augen sind geschlossen und der Atem geht stoßweise. Da! Seine Hand in ihrer Jeans.

»Gott, bist du nass, du Schlampe!« Stößt in sie mit der ganzen Hand. Dreimal, viermal, zehnmal. Elena keucht, schreit, stemmt sich gegen seine Hand. Und wieder kommt sie. Sie windet sich in wilden Zuckungen - sie ist noch nie zweimal hintereinander gekommen, es ist unglaublich intensiv. Er will wieder zustoßen, sie hält seine Hand fest. Sie ist überreizt. Bitte nicht mehr! Aber er saugt an ihren Brüsten, reibt, drückt ihre Klitoris. Er macht es gut, so gut! Aber es tut auch schon weh, sie weint, stöhnt - und kommt noch einmal in langen Zuckungen.

Dann ist er fertig mit ihr. Elena seufzt selig, das war weitaus besser, als sie erwartet hat. Der Mann reinigt mit einer Küchenrolle seinen Schwanz und knöpft seine Hose zu. Es fällt kein weiteres Wort zwischen ihnen.

Wie vereinbart bringt er Elena dahin zurück, wo sie sich getroffen haben, beugt sich über sie, öffnet die Tür. Er will sie loswerden.

»Mein Geld«, sagt Elena. Er fasst in die Hosentasche seiner schmierigen, abgewetzten Hose und wirft ihr zwanzig Euro vor die Füße. Sie hebt das Geld auf. Als sie sich wieder aufrichtet, fährt er gerade los. Es ist kalt, besonders im Schritt durch ihre nasse Jeans. Elena wirft einen Blick auf ihre Armbanduhr. Das Ganze hat nicht einmal eine Dreiviertelstunde gedauert. Und sie fühlt sich ein wenig benutzt, betrachtet den Geldschein in ihrer Hand. Schlampenlohn.

6.

Elena ist entschlossen, den vorletzten Tag des Jahres würdig zu begehen. Sie wird etwas Geld ausgeben, was sie nicht sollte, aber egal, sie möchte sich ein wenig Luxus gönnen, gepflegt von den Haar- bis zu den Zehenspitzen in das neue Jahr gehen. Das ist sie sich wert. Zunächst führt sie ihr Tagesplan zur Kosmetikerin. Gesichtsmaske, Wimpern zupfen und färben, Maniküre, Pediküre. Und dann, um einmal andere Gesichter zu sehen als die grauen Menschen, die rund um das Atelier wohnen, beschließt sie, im Café *Museum* einen Kaffee zu trinken. Mit neuem Selbstbewusstsein geht Elena durch die Straßen, Männer sehen ihr nach, auf einmal wird sie wieder wahrgenommen. Nicht so wie zu der Zeit, als sie noch mit Reinhard zusammen und eine graue Maus gewesen war.

Im Café angekommen, geleitet sie ein Kellner an einen kleinen Tisch. Sie bestellt ein Kännchen Kaffee und liest in der *Vouge*, die schlanken Beine übereinandergeschlagen, ein Schühchen am großen Zeh des rechten Fußes baumelnd, wippend. Selbstvergessen.

»Entschuldigen Sie, gnädige Frau«, sagt plötzlich eine Männerstimme. Elena blickt in die Richtung dieser Stimme, sie gehört einem älteren Herrn Marke Gentleman. Er trägt einen Zweireiher, an einem seiner Finger einen Siegelring und wirkt sehr sympathisch.

»Bitte?«, fragt Elena.

»Mein Name ist Herr Walter.«

»Elena«, sagt Elena.

»Darf ich mich für einen Augenblick zu Ihnen setzen? Ich würde Sie gerne etwas fragen.«

»Bitte.«

Herr Walter kommt an den Tisch, deutet höflich einen Handkuss an, was für Elena völlig neu ist. Ihr hat noch nie ein Mann die Hand geküsst. Das nimmt sie schon einmal für Herrn Walter ein. Er setzt sich.

»Also?«, fragt Elena.

»Ich bin Privatier und unverheiratet. Meine Wohnung liegt nur fünf Minuten von hier.«

Schön für ihn, aber warum erzählt er ihr das?

»Ich bin ein großer Freund und Bewunderer der Damenwelt, müssen Sie wissen. Leider sind echte Damen sehr selten geworden. Die meisten Frauen sind mir zu maskulin oder zu schlampig. Oder sie meinen, eine Dame zu sein, bedeutet Arroganz und sich aufdonnern. Die wirklichen Werte einer Dame sind aber etwas sehr Schöngeistiges, Feinsinniges - wie gesagt, man findet es selten. Sie aber haben es, genau die richtige Mischung. Und darum erlaube ich mir, Ihnen rundheraus eine Frage zu stellen: Suchen Sie einen Spielpartner?«

Elena fühlt Stolz in sich aufsteigen. Eine echte Dame zu sein - auch das ist neu für sie, hat ihr noch keiner gesagt. Und Herr Walter hat Lebenserfahrung, der muss es wissen. Was er allerdings mit »Spielpartner« meint, ist ihr nicht klar. Herr Walter schenkt ihr Kaffee nach, was sie huldvoll geschehen lässt: »Ich sehe, Sie verstehen nicht ganz, was ich meine. Spielpartner bedeutet, seine speziellen erotischen Neigungen mit einem anderen Menschen regelmäßig auszuleben. Ist es möglich, dass Sie devote Fantasien haben?«

Es kommt selten genug vor, aber Elena ist sprachlos - sieht man es ihr denn schon an, dass sie devot ist?

»Sie fragen sich, woran ich das erkenne? Nun, mit den Jahren bekommt man einen Blick dafür. Es ist ein großes Geschenk, diese Hingabe, die devote Frauen haben. Viele meiner Geschlechtsgenossen wissen das nicht zu würdigen. Sie meinen, es geht einfach um rohe Gewalt, harte Schläge, Beschimpfungen - ohne Würde und Respekt. Ich bin ein dominanter Mann mit einer sadistischen Ader und würde bei einem Spiel mit Ihnen meine dominanten Fantasien ausleben. Natürlich wäre eine gewisse Regelmäßigkeit schön, denn dann steigt einerseits das Vertrauen und wir könnten unsere Neigungen immer weiter vertiefen, wir könnten die Grenzen auskosten, sogar überschreiten. Sie tragen einen kurzen Rock und Nylons, was meinen Vorlieben sehr entgegenkommt. Überaus entgegenkommt.«

Offenbar ermutigt durch Elenas Interesse und die Tatsache, dass sie ihn nicht fortschickt, spricht er weiter:

»Sie müssen keine Angst haben, ich möchte und werde Ihnen keine unerträglichen Schmerzen bereiten, nein, es ginge mir darum, Sie zu dominieren. Welch reizvoller Gedanke - eine Dame wie Sie! Ich stelle mir vor, Sie sind gefesselt und ich streichle Sie an einer empfindlichen Körperstelle, Sie müssen es ertragen, so lange ich es möchte. Es reizt Sie. Ich reize Sie. Und wir beide wissen, die Peitsche berührt gleich Ihr entblößtes Hinterteil.«

Sie ist entflammt. So klar hat das noch niemand ausgesprochen und der Mann hat etwas Anziehendes. Sehr anziehend sogar.

»Gehen wir«, sagt Elena.

Wenige Minuten später findet sie sich tatsächlich in einer geschmackvollen Altbauwohnung wieder. Der Raum allerdings, in den sie Herr Walter geführt hat, ist leer. An einer Wand hängen Peitschen, Gerten, Ketten. Haken sind in die Wand eingelassen und an einem dieser Haken sind ihre Arme nach oben gezogen und angekettet. Sie ist nackt, bis auf ihre Strümpfe und steht mit dem Gesicht zur Wand.

Elena ist nervös. Sie hört ihn hantieren. Was macht er? Ihre Arme schmerzen. Besonders die Handgelenke wegen der Handschellen, mit denen sie fixiert ist.

Dann steht er hinter ihr. Sie fühlt seinen Atem. Zuckt zusammen, als er sie berührt. Streichelt. Fährt sanft durch ihr Haar, den Rücken hinunter, über den Po. Streichelt, knetet ihn. Und seine Hand wandert zwischen ihre Schenkel, nach vorne zu ihrem Liebestunnel. Umkreist den Eingang, mit einem Finger spielt er mit ihrem versteckten Lustknopf. Sie stöhnt leise, und er dringt mit der Hand in sie ein. Sehr zärtlich und sacht. Sie fühlt, wie sie immer erregter wird.

Vor allem ihren nylonbestrumpften Beinen schenkt er viel zärtliche Aufmerksamkeit. Dann schiebt sich etwas Kühles, Hartes zwischen ihre Schenkel. Der Griff einer Peitsche. Das erregt Elena so sehr, dass sie wie wild beginnt, sich an dem Griff zu reiben, benetzt ihn immer mehr mit ihrem Saft, stöhnt, keucht, laut, tief.

Mit einem scharfen Ruck zieht er den Griff wieder zurück. Klatsch - trifft sie der erste Hieb. Wieder stöhnt sie auf, mehr aus Geilheit als aus Schmerz. Was sich schnell ändern soll, denn nun wird Elena zum ersten Mal in ihrem Leben ausgepeitscht. Er schlägt nicht fest zu, aber stetig, wieder und wieder. Jetzt wimmert sie aus echtem Schmerz, versucht, der Peitsche auszuweichen. Chancenlos. Und gut.

Manchmal unterbricht er die Züchtigung und streichelt liebevoll über die eben noch gefolterten Haut- und Muskelpartien. Elena windet sich, hält still, windet sich wieder, es tut weh, ihre Haut glüht und brennt. Sie will nicht, dass er mit dem Streicheln aufhört, hat Angst, dass dann wieder die Peitsche folgt. Aber das Streicheln wird härter, immer fester. Sie jammert leise, bettelt, dass er nicht so fest zupackt, denn nun widmet er sich der empfindlichen Innenseite ihrer Schenkel.

»Beine spreizen«, sagt er sanft.

Sie gehorcht nicht, hat Angst vor dem, was folgen wird.

»Spreizen Sie bitte Ihre Beine!« Also gut.

Plötzlich hört sie das nun schon bekannte Pfeifen in der Luft und schreit auf, als sie der Schlag trifft, schließt ihre Schenkel wieder, was er sofort mit mehreren festen Hieben mit der Hand auf ihren Arsch beantwortet. »Bitte, nicht so fest«, bettelt sie. »Wenn es zu viel ist, sagen Sie Stopp.« Elena schüttelt den Kopf. Niemals! Sie will es aushalten, nicht klein beigeben. Wieder spreizt sie die Schenkel und er peitscht sie. Immer auf die rechte Innenseite. Sie möchte es nicht, aber sie weint. Plötzlich hört er auf. Wieder liebkost er die eben noch gefolterten Stellen, dringt mit der Hand in sie ein und fickt sie. Langsam und tief. Sie ist überrascht, wie nass sie ist, wie offen und wie tief er in sie eindringen kann. Es ist so gut, so geil. Sie hat sich vorgenommen, ihre Erregung nicht zu zeigen, hat aber keine Chance. Er hört ihr Stöhnen und Keuchen. Sie drückt sich seiner Hand entgegen, reibt sich wie verrückt daran und zu ihrer eigenen Überraschung fühlt sie, dass sie sich einem Höhepunkt nähert, als er erneut in sie eindringt, diesmal schon mit vier Fingern. Sein Atem geht schneller, er flüstert ihr Zärtlichkeiten ins Ohr, Komplimente. Immer schneller atmet er. Es ist seltsam, aber sie fühlt ganz mit ihm, genießt mit ihm, fühlt sich dem Mann ganz nahe, nimmt auch die allerkleinsten seiner Regungen wahr, auch wenn sie ihn nicht sehen kann.

»Spreizen Sie die Beine noch weiter«, flüstert er leise. Elena gehorcht sofort. Er lässt von ihr ab und plötzlich befindet sich sein Kopf zwischen ihren Schenkeln.

Herr Walter bringt seinen Kopf unter ihrer Muschi in Position, beginnt, sie zu lecken. Seine Finger massieren ihre Rosette und bohren sich langsam in ihren After. Elena ist komplett überrascht - zum ersten Mal tut es nicht weh, wenn ein Mann das mit ihr macht.

»Bitte nicht aufhören, bitte!«, bettelt sie. Finger, Zunge, alles zugleich, fickt sie schneller und schneller und fester, passt sich ihren Bewegungen an. Wie rasend zuckt ihr Becken - und sie kommt endlich, endlich, kommt mit einem lang gezogenen Schrei und spritzt. Eine Sturzflut ergießt sich über sein Gesicht, auf den Fußboden, eine Welle und noch eine und noch ein Schrei. Dann hängt sie zitternd und keuchend in ihren Fesseln.

Nachdem er ihr noch etwas Zeit gelassen hat, sich wieder zu beruhigen, löst er die Ketten und fängt sie behutsam auf, hält sie fest, wartet, küsst ihre Handflächen. Es ist vorbei.

Vorsichtig trägt er sie zum Sofa im Wohnzimmer, bettet sie darauf, deckt sie mit einer weichen Kaschmirdecke zu und setzt sich so, dass er ihre Füße in seinen Schoß legen kann. Bedachtsam massiert er nun ihre zarten, kleinen Füße, sieht sie bewundernd an.

»Ich bin verrückt nach Ihren Füssen, gnädige Frau! Und ich danke Ihnen für Ihr Vertrauen. Ich hoffe, Sie haben es auch genossen, doch ich hatte den Eindruck, dass das der Fall war. Deshalb würde ich es als eine Ehre und ein Vergnügen ansehen, sollten Sie wieder einmal spezielle Gelüste haben - nun, wenn Sie sich dann bei mir melden würden.«

Später geht Elena nach Hause. Sie humpelt leicht, doch hat das Gefühl im Herzen, besondere Wertschätzung erfahren zu haben. Herr Walters Telefonnummer ist auf ihre rechte Pobacke geschrieben.

7.

Nach diesem ungeplanten Erlebnis fragt sich Elena, ob sie bisher blind durchs Leben gegangen ist. Hatte es öfter solche Gelegenheiten gegeben und sie hatte sie nicht wahrgenommen? Was war nun anders? Vielleicht, weil sie sich nicht mehr so darauf konzentriert, einem bestimmten Mann zu gefallen - sondern sich selbst. Das ist wohl der Schlüssel. Und sie hat das dringende Bedürfnis, alles nachzuholen, was sie in all den Jahren versäumt hat. Es ist vielleicht verrückt und nicht normal - andererseits tut es ihr so gut. Und darum wird sie auch nicht damit aufhören. Deshalb geht sie in ihr kleines Schlafzimmer, kuschelt sich ins Bett und fährt den Laptop hoch. Pflichtschuldig wirft sie einen Blick in ihre E-Mails. Noch mehr Beileidsbekundungen - wenn die Leute wüssten, wie gut es ihr geht. Sogar eine Mail von Reinhard befindet sich darunter, er will wissen, wie sie sich fühlt.

»Gut - hoffe dir auch«, lautet ihre kurze Antwort. Und dann durchfährt es sie siedend heiß - eine E-Mail ihrer Kollegin Ines! Ob sie auch wirklich zu der Jahresabschlussfeier von Direktor Flakeland kommt und was sie anzieht? Das hat Elena total vergessen und dabei hatte sie fix zugesagt! Flakeland hat ein Modehaus und veranstaltet regelmäßig für besonders betuchte Kundinnen Modeschauen. Elena schminkt seine Models. Wenn sie nicht zu der Feier kommt - und Flakeland hatte sie persönlich eingeladen -, ist er bestimmt beleidigt. Obwohl er eine Schwäche für sie hat. Das ist sogar Elena aufgefallen. Sie wirft einen Blick auf die Uhr. Das Fest beginnt in einer halben Stunde, pünktlich wird sie es ohnehin nicht mehr schaffen. Aber gar nicht hinzugehen, traut sie sich nicht, auch wenn sie keine Lust mehr hat, in die kalte Winternacht hinauszugehen. Doch was sein muss, muss sein. Es gehört zum Job. Seufzend steht sie auf, zieht ihr schwarzes Kleid an, zieht ihr Make-up nach - fertig. Immerhin war sie ja heute bei der Kosmetikerin. Sie ruft ein Taxi und schafft es, mit nur fünfzehn Minuten Verspätung bei der Feier einzutreffen.

Generaldirektor Flakeland hat zum Wirt *Ums Eck* geladen und die Belegschaft ist ergeben der Einladung gefolgt. Flakeland ist nicht unbedingt bekannt für rauschende Feste. Aber wenn der Herr Direktor schon einmal einlädt, da folgt man, da geht man hin. Als Elena ankommt, erwartet sie Ines bereits an der Tür.

»Da bist du ja! Wow, hast du dich ins Zeug geschmissen - Flakeland wird Augen machen, er hat schon nach dir gefragt.« Sie betreten den angemieteten Festsaal, da stürmt Flakeland schon auf sie zu, zwei Gläser Sekt in Händen.

»Elena, Sie sehen großartig aus! Hier, wollen wir anstoßen? Kommen Sie, ich habe Ihnen einen Platz an meinem Tisch frei gehalten. Ach ja, guten Abend, Ines.«

Brav folgt Elena dem dicklichen Flakeland an seinen Tisch, hinter seinem Rücken macht sie eine entschuldigende Geste in Richtung Ines, aber die lacht nur und zeigt ihr den Daumen nach oben.

Elena muss vorsichtig sein. Natürlich ist es charmant, dass Flakeland ihr den Hof macht. Aber er ist verheiratet. Was ihn jedoch nicht davon abhält, auf Firmenfeiern oder Geschäftsreisen den besonders jungen Mitarbeiterinnen nachzusteigen. Die eine oder andere hatte sich ihm verweigert und in so einem Fall fand er recht bald einen Grund, die Widerspenstige zu entlassen. Wer ihm zu Willen ist - tut dies in aller Verschwiegenheit, um die Ehe des Herrn Direktors nicht zu gefährden, man merkt es jedoch an bestimmten Zuwendungen und Sonderkonditionen. Junge Dinger, unter dreißig, die fallen in sein Beuteschema.

An diesem Abend jedoch ist der Herr Generaldirektor völlig verändert. Demonstrativ wendet er den jungen Kolleginnen den Rücken zu, schenkt seine ganze Aufmerksamkeit Elena. Die anderen stellen es belustigt fest, denn erstens hat man schon lange darauf gewartet, dass er es bei Elena versucht, zweitens war der Appetit Flakelands auf jüngere Damen nur allzu bekannt. Und drittens hatte es eine indiskrete Dame gegeben und die sexuellen Vorlieben des Direktors hatten, zumindest gerüchteweise, die Runde gemacht. Jeder hatte noch etwas hinzugedichtet, sodass jene Handvoll Damen, die aus eigener Erfahrung um diese Vorlieben wussten, noch mehr lächeln mussten als ihre Kollegen bei dem Gedanken, dass die gutgläubige Elena bald ihr blaues Wunder erleben würde.

Elena hatte von all dem Gerede nie etwas mitbekommen wollen, Klatsch interessiert sie nicht und jetzt sonnt sie sich in der Aufmerksamkeit des Herrn Generaldirektor. Ein Generaldirektor ... warum nicht?

Man isst und trinkt. Dann erhält Flakeland einen Anruf, lächelt kurz in sich hinein und begutachtet eingehend Elena. Für seinen Geschmack ist sie etwas zu dünn und zu alt. Andererseits - diese nichtsnutzigen jungen Dinger, die sind nur hinter seinem Geld her, während Elena stets korrekt in ihrem Auftreten und außerdem gepflegt und sauber ist.

Nachdem er eine Zeit lang beobachtet hat, wie sie etwas verloren zwischen den jungen Hühnern sitzt, beschließt Flakeland, sein Glück zu versuchen. Erzählt mit ernster Miene von dem Anruf, den er gerade erhalten hat, dass nämlich in London die Verhandlungen nicht zum Besten stünden und Kollege Reinsberg noch Material für einen weiteren Vorstoß benötigte und dass er leider noch einmal in die Firma zurückmüsse. Ob Elena nicht Lust hätte, ihn zu begleiten, er müsse auch etwas Geschäftliches mit ihr besprechen, es geht um die nächste Modenschau, die etwas ganz Besonderes werden soll. Und hier kann man ja nicht in Ruhe sprechen, oder? Elena ist schon erstaunt über diesen platten Versuch, hält er sie für blöd? Aber schön, spielt sie halt einmal die Unschuldige und kommt mit. Flakeland ist schon aufgestanden und holt ihren Mantel. So verlassen die beiden, von den übrigen Gästen belächelt, die Feier.

In der Firma angekommen, gehen sie gleich in das Büro von Flakeland. Elena möchte Licht machen.

»Lassen Sie bitte das Licht aus.« Ein Lächeln unterdrückend, wendet sich Elena ihrem Chef zu. Er hat hinter seinem mächtigen Schreibtisch Platz genommen, lehnt sich im bequemen Ledersessel zurück und mustert sie eingehend von oben bis unten.

»Sie sind eine anziehende Frau, Elena.« Nun ist sie froh, dass es dunkel ist, denn sie spürt, wie ihr das Blut ins Gesicht schießt. Sie sehen einander an. Der Schnee draußen und die Straßenbeleuchtung bewirken eine eigentümliche, friedliche und romantische Lichtstimmung.

»Gießen Sie uns doch einen Cognac ein, Elena.« Sie sieht sich um, entdeckt die Bar, gießt ein und stellt den Cognac vor ihm ab. Ihren behält sie in der Hand und bleibt vor dem Schreibtisch stehen.

»Jetzt haben wir unsere kleine private Feier.« Er lächelt. »Auf Ihr Wohl, liebe Elena.« Sie stoßen an und Elena spürt Hitze in sich aufsteigen, als sie an dem teuren Cognac nippt. »Nicht nippen, Elena, trinken Sie ihn aus.« Elena gehorcht, der Cognac rinnt warm und weich ihre Kehle hinunter, ihr wird noch heißer. Flakeland schenkt ihr ein weiteres Glas ein. Sie will abwinken, doch er besteht darauf. »Trinken Sie, Elena.« Zögernd führt sie das Glas erneut an die Lippen - für das, was er vorhat, muss er sie doch nicht betrunken machen. Denn dass er etwas vorhat, das ist ganz klar. Er sitzt in seinem Sessel, sie steht vor ihm. Schwankt leicht, spürt den Sekt von vorhin und den Cognac. »Sie wollen mir also helfen, Elena?« Sie nickt. »Dann drehen Sie sich um. Und jetzt beugen Sie sich ein Stück nach vorne, da steht mein Telefon. Rufen Sie meine Frau an, sagen Sie ihr, dass es etwas später wird, weil wir noch zu arbeiten haben. Erklären Sie ihr die Sachlage.«

»Ich kenne Ihre Nummer nicht.«

Er nennt ihr die Telefonnummer, Elena hebt den Hörer ab und wählt die Nummer der Flakelands. Frau Flakeland hebt ab.

»Flakeland.«

»Guten Abend, Frau Flakeland, hier spricht Elena.« Plötzlich spürt sie die Hand des Direktors auf ihrem Rücken, er drückt ihren Oberkörper nach unten. Sie stemmt sich dagegen, da flüstert er: »Bitte.« Und Elena legt sich mit dem Oberkörper über den Schreibtisch, spürt, wie Erregung in ihr aufsteigt.

»Sind Sie noch da, Elena?«

Zutiefst erschrocken stammelt sie irgendetwas von wegen Vorbereitungen für die nächste Show, ihre Aufmerksamkeit ist aber bei Flakeland. Er schiebt das Kleid über ihre Hüften.

»Herr Direktor!« Da hält er ihr den Mund zu.

Frau Flakeland: »Was ist denn los, Elena?« Während Elena sich entschuldigt und immer mehr in Verlegenheit gerät, zieht der Direktor ihre Strumpfhose samt Slip mit einem Ruck über ihr Gesäß bis zu den Knien herunter und betrachtet ihren Arsch. Elena ist völlig verwirrt, sie weiß nicht, was sie machen soll, sie ist nun doch überrumpelt und zugleich total erregt, weiß, dass sie schon ganz nass ist. Und versucht verzweifelt, sich gegenüber Frau Flakeland nichts anmerken zu lassen.

»Elena, sind Sie noch da? Was ist denn los bei Ihnen?«

Ja, was ist hier los? Sie liegt auf dem Tisch des Direktors und er streichelt ihren nackten Arsch. Da kann es einem schon die Sprache verschlagen. Aber das ist es nicht, was Flakeland will: »Sprich mit ihr und lass dir nichts mehr anmerken, sonst muss ich dich bestrafen.«

Elena reißt sich also zusammen, ringt um ihre Selbstbeherrschung. »Entschuldigen Sie bitte, Frau Direktooor …« Seine Hand ist zwischen ihre Schenkel zu ihrer Möse gewandert. Sie hört ihn auflachen; sanft spielt er mit ihren Schamlippen. Es ist so gut, Elena seufzt auf.

»Was haben Sie denn, Elena?«

»Ja. Nein. Alles in Ordnung … Ahhh!« Flakeland ist mit zwei Fingern in ihre nasse Spalte eingedrungen.

Plötzlich lacht die Frau Direktor und sagt: »Sie sprechen besser weiter, Elena.«

»Ja, natürlich, entschuld... entschuldigen Sie bitte. Also, es geht um ... um ...«

Er fickt sie quälend langsam mit seiner großen Hand.

»... um die nächste Show geht es. Herr Direktor ist in ... Oh Gott!«

Wieder lacht Frau Direktorin Flakeland: »Elena, wenn ich Ihnen einen guten Rat geben darf, dann reißen Sie sich jetzt zusammen - sonst wird es sehr schmerzhaft für Sie. Was ist also mit der Show?«

Was ist das? Weiß sie Bescheid? Duldet sie das Unerhörte, das hier geschieht? Und Elena will mit einer Zeugin am Telefon nicht bestraft werden. Sie versucht es noch einmal.

»Reinsberg ist in London und die Veranlagung ... die Modenschau ...«

Sie fühlt seinen Schwanz im Eingang ihrer Möse. Er drängt und drückt dagegen, sie will den Hörer auflegen, das ist so nicht auszuhalten, sie kann nicht mehr, es ist zu gut, zu erregend.

»Sprich weiter!«, befiehlt er und stammelnd wendet sich Elena wieder an die Frau Direktor.

»Mit Reinsberg ... Schwierigkeiten ... bitte nicht, bitte nicht so!«

»Schalten Sie auf die Freisprechanlage um, Elena«, gluckst Frau Flakeland. Das ist ja noch schrecklicher, dann bekommt sie ja alles mit - Elena weiß einfach nicht, was sie tun soll. Ja, wie kann man denn denken mit einem steinharten Glied an der Fotze und zwei Cognacs intus und wenn man so geil ist, dass der Saft nur so aus einem herausläuft?

»Das ist ein Befehl - machen Sie schon«, zischt jetzt die Flakeland. Elena gehorcht verzweifelt.

»Hallo, Schatz, ich glaube, das kleine Luder ist jetzt so weit.«

»Gut«, sagt der Herr Generaldirektor. Und während er weiter an ihr herumspielt, bekommt Elena eine Gardinenpredigt, dass sie ungezogen, keine gute Mitarbeiterin ist, dass sie nicht gehorcht und zu unbeherrscht ist. Und währenddessen bearbeitet er die ganze Zeit ihre nasse Spalte, Elena stöhnt, windet sich. »Lieg still, Mädchen. Ganz still.«

Elena gehorcht, so gut es geht. Da meldet sich Frau Direktorin wieder: »Mein Mann hat recht, Elena, ich habe mehr von Ihnen erwartet, Sie kleine, dreckige Schlampe. Liebling, du solltest sie betrafen, was meinst du?«

»Ja, sie hat eine Strafe verdient. Was denkst du, wie viele soll ich ihr verpassen?«

»Fang erst mal mit zwanzig an, Schatz. Und ich will sie schreien hören.«

Neben Elenas Kopf liegt ein fünfzig Zentimeter langes Lineal, das nimmt der Herr Direktor nun zur Hand. »Halten Sie still, Elena, wenn Sie sich zu heftig wehren, dann erhöht das die Anzahl der Schläge.

Sehen Sie ein, dass Sie wegen Ihres Ungehorsams eine Züchtigung verdient haben?«

»Ja, Herr Generaldirektor.«

»Dann bitte mich darum.«

»Bitte züchtigen Sie mich, Herr Direktor, bitte!«

Und damit bekommt Elena den Hintern so richtig versohlt. Bei den ersten Schlägen meint sie noch, es wäre nicht so schlimm, wäre auszuhalten. Doch dann schmerzt es immer mehr, das Lineal pfeift eins ums andere Mal durch die Luft. Nach dem fünften Schlag schreit Elena auf.

»So ist es gut, Liebster, verhau sie kräftig! Das macht mich so geil!«, lässt sich die Flakeland vernehmen. Das lange Plastiklineal klatscht hart auf Elenas Arsch, ihr Stöhnen wird lauter, aber auch das von Frau und Herrn Flakeland. Elena windet sich immer mehr, bettelt, Frau Direktor keucht und lacht und Flakeland selbst kann sich kaum noch zurückhalten, angesichts des knallroten Hinterns vor seinen Augen und dem Stöhnen seiner Frau in den Ohren. Elena beißt sich auf die Lippen, kämpft, will aber noch weiter bestraft werden, für was auch immer. Ja, vielleicht verdient sie diese Strafe, vielleicht hat sie seinen Anordnungen nicht in gebührender Weise Folge geleistet.

Dann hat sie die Züchtigung überstanden und möchte sich aufrichten. Doch erneut drückt Flakeland sie nach unten, setzt seinen Schwanz an ihrer Möse an und gleitet mühelos hinein. Nun ist ein Stöhnen und

Keuchen aller drei Beteiligten zu hören, Elena wird in den Himmel gevögelt, ihr Becken knallt immer wieder gegen die Schreibtischkante, doch sie spürt es kaum, sie genießt, sie schreit - und dann kommt sie, lange und tief in ihr drinnen. Als nächster schreit Flakeland auf, dann seine Frau.

Der Herr Direktor lässt von Elena ab, sinkt ermattet in seinen Schreibtischsessel. Seine Frau schickt Küsschen, sagt, er soll nur rasch nach Hause kommen, sie erwarte ihn sehnsüchtig und: »Ach ja, Elena, bis zum nächsten Mal und guten Rutsch!«

Der Generaldirektor lehnt immer noch ausgelaugt in seinem Sessel, als Elena bereits ihren Webpelz angezogen ist.

»Das bleibt doch unter uns?«

»Es ist unser kleines Geheimnis, Herr Flakeland.«

Er lächelt und Elena verabschiedet sich; sie nimmt ein Taxi zurück ins Atelier, sie hat keine Lust mehr, zu der Feier zurückzukehren. Die schlechte Nachrede hat sie ohnehin. Doch das ist ihr gleichgültig.

Ihr Po schmerzt ziemlich, als sie sich in das Taxi gleiten lässt. Er hat in den letzten Tagen auch allerhand ausstehen müssen. Die letzten Tage … nachdenklich blickt Elena auf das nächtliche, vorbeigleitende Wien. Es hat Spaß gemacht, ja. Aber diese wechselnden Männer … ist das notwendig? Es wäre doch schön, einen zu finden, mit dem man eine sexuelle Freundschaft aufbauen könnte. Einer für alles und alles für einen, sozusagen. Ist ja auch immer ein Risikofaktor dabei, wenn man die Partner wechselt wie die Unterwäsche. Das würde Elena gefallen - ein Mann, mit dem sie ihr inneres Feuer löschen kann, der mit ihr über Grenzen geht, der sie schlägt, aber auch festhält, mit dem sie tiefer eintauchen kann in diese wunderbare Welt, in die sie sich da begeben hat.

Wieder im Atelier, zieht sie sich aus und betrachtet ihren Knackpo im Badezimmerspiegel. Rot ist er, mit Striemen und blauen Flecken versehen. Aber das gefällt ihr und sie trägt diese Mahle mit Stolz. Sie hat auf der Feier kaum etwas gegessen und nun hat sie Hunger, brät sich zwei Eier und schenkt sich ein Glas Wein ein. Direktor Flakeland und Gattin ... welch eine Überraschung. Und sie hat den Mann für konservativ gehalten. Das Stöhnen seiner Frau am Telefon hatte Elena einen zusätzlichen Kick verliehen. Die Geräusche von Liebenden haben sie schon immer erregt. Sie würde gerne einmal dabei zusehen, wie es andere miteinander treiben. Allerdings keinen Vanillasex, nein. Die Frau sollte auch devot und etwas masochistisch sein. Zu sehen, wie eine andere gedemütigt und gezüchtigt wird ... diese Vorstellung und die Erinnerung an die Szene von vorhin haben ihre Wirkung auf Elena.

Sie lehnt sich gegen die Stuhllehne, spreizt die Beine und stemmt sie gegen die Tischkante. Ihre Hand wandert sofort ihren Bauch entlang, hinunter. Schlüpft unter den Gummizug ihres Slips. Weiter, weiter! Ihre

Finger teilen die geschwollenen Lippen, alles ist heiß, alles ist nass, so nass. Ihre Hand wandert weiter, teilt die Schamlippen und mit einem Seufzer landet sie endlich an ihrer stark geschwollenen Klitoris, die vorwitzig aus ihrem Versteck herausragt. Sie umkreist sie, Elena will nicht gleich kommen, will es genießen - aber sie ist schon zu geil. Als würde ihre Fotze ihre Finger aufsaugen, fängt sie an, sich mit zwei Fingern zu ficken. Hinein, heraus. Schmatzendes Geräusch, spürt, wie sich die Lippen um ihre Finger schließen. Sie saugt sich selbst ein, spürt schon, dass sich ein Orgasmus wie ein Tornado anbahnt. Gleich. Gleich! Sie verlässt die Hitze ihrer Fotze, ihre Hand weiß genau, wohin sie soll. Was sie tun muss und wo. Der Punkt, der alles beherrscht, alles in, an ihr, ist kein Punkt mehr. Ihre Klitoris ist steinhart. Mit Zeigefinger und Mittelfinger, sachte, ganz sachte, direkt darauf. Ja! Die Finger ziehen zwei, drei Kreise um sie herum. Dann weiß Elena nichts mehr. Der Blitz schlägt ein. Man hört ihren Schrei, tiefes Stöhnen. Wellen. Flutwellen, sie spritzt, sie vergeht. Ja! Erleichterung. Und Lachen - wie kann man nur so geil sein? Wie herrlich, wie schön. Elena widmet sich wieder ihrem Essen und trinkt bedächtig den Wein aus. Dabei durchforstet sie die Anzeigen im Forum. Die meisten Männer suchen mal eben etwas für eine Nacht. Wie Elena jetzt weiß, kann sie das an jeder Straßenecke bekommen. Doch sie möchte das Ganze ja vertiefen, ihre Grenzen ausloten. Das kann sie aber nur, wenn sie dem Mann vertraut. Und dazu muss man einander kennenlernen. Es gibt Dinge, die sie gerne wüsste. Wie fühlt sich ein Paddel an? Wie ist es, über einem Strafbock zu liegen? Ans Andreaskreuz gekettet zu sein? Und was weiß sie denn, was es da noch alles gibt?

Sie sichtet weiter die Inserate, es gibt da wirklich nichts, was es nicht gibt. Nur leider ist nichts für sie dabei. Zerstreut liest sie ein paar Diskussionsbeiträge - es geht um das Thema Devotsein und da schreibt ein Herr Heinz, dass man nicht unterschätzen darf, dass sich devote Menschen sehr an den dominanten Partner binden, ihm vertrauen müssen, um sich voll und ganz hingeben zu können. Deshalb, so meint er, ist es für Devote schwerer, eine reine Spielbeziehung einzugehen. Elena gefällt, was sie liest. Sie betrachtet das Profil von Heinz und auch das gefällt ihr. Er ist nämlich dominant, etwas sadistisch, verheiratet und will es auch bleiben. Leider wäre es aber so, dass seine Frau nicht devot und auch nicht maso ist. Deshalb sucht er eine diskrete Dauerfreundschaft, auch mal essen oder ins Kino gehen, aber hauptsächlich eben Sex. Ausgezeichnet! Leider ist kein Foto von ihm dabei. Na ja, kein Wunder, wenn er verheiratet ist. Aber der Mann klingt genau richtig.

Elena braucht lange, um eine PN an ihn zu verfassen. Erst versucht sie, witzig zu sein - was gründlich misslingt. Dann geheimnisvoll, sie möchte nicht zu viel von sich preisgeben. Was für ein Unsinn - am besten ist, sie schreibt einfach die Wahrheit und erklärt genau, was für einen Mann sie sucht. Er ist nicht on. Also heißt es warten. Elena wartet nicht gerne, sie ist ein ungeduldiger Mensch. Deshalb beschließt sie, schlafen zu gehen.

8.

Am nächsten Morgen schneit es und ein kräftiger Wind weht durch die Straßen. Draußen hört man schon die ersten Silvesterknaller explodieren. Elena kann diese Kracherei nicht leiden. Beleidigt stellt sie fest, dass Heinz noch nicht geantwortet hat. Na, dann eben nicht. Schnell zieht sie sich an und geht noch einmal in den Supermarkt. Kauft Lachs, Champagner und allerlei Leckereien. Wie es aussieht, wird sie Silvester also alleine verbringen, dennoch soll es ein schöner Abend werden. Sie wird sich eine DVD auf ihrem Laptop ansehen und weiß der Geier, was ihr noch einfällt. Doch als sie zurückkommt, tut sich eine neue Gelegenheit auf - Heinz hat geantwortet. Sehr erfreut und höflich, stellt allerlei Fragen. Was sie beruflich macht, wie sie genau aussieht usw. Elena antwortet ihm freundlich, aber bestimmt, dass sie keine Brieffreundschaft möchte. Wenn er Fragen an sie hat, dann soll er sie treffen und sie können reden. Sie würde sich freuen. Prompt antwortet er - ob sie, was er nicht für wahrscheinlich hält, vielleicht heute gegen 17 Uhr Zeit hätte? Und wie Elena Zeit hat! Sie vereinbaren, einander vor dem obligaten Supermarkt zu treffen. Gut so.

Bis dahin sind es noch einige Stunden und das ist nun gar nicht gut, denn plötzlich überkommt Elena eine Silvester-Sentimentalität. Die Trennung von Reinhard bricht plötzlich wie eine Sturzflut über sie herein und sie liegt weinend auf dem Bett. Okay, das musste ja einmal kommen, aber gerade heute? Sie möchte Heinz nicht mit verquollenen Augen gegenübertreten. Aber die Trauer ist nun einmal da. Mist. Wild entschlossen steht sie wieder auf und schenkt sich einen großzügigen Whiskey ein. Kippt ihn auf ex herunter, spürt das Brennen in Kehle und Magen. Sie zündet sich eine Zigarette an und schreibt Tagebuch. Hilft auch nicht. Also noch einen Whiskey, ihr wird schwindlig, gut so. Sie legt sich in ihr Bett und schläft ein.

Als sie wieder erwacht, ist es bereits 16 Uhr - von Trauer keine Spur, Stress ist angesagt. Ab ins Bad, duschen, schminken. Was zieht sie an? Das Atelier noch ein wenig nett hergerichtet, Feuer im Ofen gemacht - vielleicht nimmt sie Heinz ja gleich mit hierher, dann soll es nett aussehen. Zwei Minuten vor der vereinbarten Zeit kommt Elena beim Supermarkt an und auf die Minute pünktlich hält der grüne Peugeot, den er ihr beschrieben hat. Ein großer Mann steigt aus. Graues Haar, Jeans, darunter ein Hemd und darüber ein Sakko. Er hat stahlblaue Augen, mit denen er nun Elena taxiert. Dann geht er auf sie zu und ohne ein

Wort zu sprechen, küsst er sie. Und wie! Es gibt wenige Männer, die gut küssen können, aber dieser hier ist ein Meister seines Fachs. Es ist ein langer, intensiver Kuss. Als würden sie einander schon ewig kennen und hätten sich lange nicht gesehen. Elena bekommt weiche Knie. Erst danach sieht er ihr lange in die Augen und sagt mit tiefer, rauchiger Stimme: »Hallo, ich bin Tobias - Heinz ist nur mein Nick.« Elena ist hin und weg. Man muss ja viele Frösche küssen, bis man einen Prinzen findet - und sie hat den einen unter Tausenden auserwählt.

»Hallo, ich bin Elena.«

»Ich freue mich sehr, dich kennenzulernen. Deine Nachricht hat mich sehr neugierig gemacht. Was möchtest du unternehmen?«

»Wie lange hast du Zeit?« Was eine berechtigte Frage ist, immerhin ist der Mann verheiratet.

»So lange du mich aushältst.«

Wenn das so weitergeht, sehr lange. Und warum lange fackeln?

»Ich wohne zurzeit hier in der Nähe, in einem Atelier von Freunden. Wenn du möchtest, können wir da einen Kaffee trinken.«

»Alles, was du willst, Elena.«

Und so landen sie im Atelier, entscheiden sich dann aber für Champagner und nicht für Kaffee. Tobias sitzt vor ihr auf dem Sessel am Zeichentisch, Elena lehnt ihm gegenüber an der Wand. Sie sehen sich an.

»Und jetzt?«, fragt er lächelnd.

»Ich will dir einen blasen.«

Tobias hebt eine Augenbraue.

»Du hast aber ein Tempo.«

Statt einer Antwort geht Elena langsam auf ihn zu, sieht ihm dabei immer in die Augen, geht in die Knie zwischen seinen Beinen und öffnet den Reißverschluss seiner Jeans. Er sieht sie unverwandt an.

»Nimm ihn dir.«

Und das tut sie. Es ist ein schöner, dicker Schwanz, nicht zu lang, nicht zu kurz. Und steinhart, wie Elena lächelnd feststellt. Sie nimmt ihn zwischen ihre Hände und führt dieses heiße Stück Fleisch an ihre Lippen, küsst ihn erst lange, dann lässt sie ihre Zunge über seine Eichel tanzen und nimmt ihn ganz in sich auf. Tobias stöhnt, legt seine Hände auf ihren Hinterkopf und drückt seinen harten Zapfen tief in ihre Kehle. Elena muss würgen, will den Kopf zurückziehen, doch er hält sie fest. Erst nach einigen Sekunden lässt er los und sie schnappt nach Luft. Hört aber nicht auf, diesen geilen Kolben mit der Zunge zu umkreisen, saugt, lutscht, knabbert an seinem Schaft. Dann rutscht sie tiefer, saugt seine Eier in ihren heißen Mund, drückt sie liebevoll mit der Zunge. Da fühlt sie, wie seine Hände zu ihren Titten wandern, er holt sie aus ihrem Kleid, aus dem Büstenhalter und beginnt, ihre Nippel zu verdrehen. Erst nur leicht, als er merkt, dass sie nicht reagiert, drückt er fester zusammen, dreht und dreht. Es tut plötzlich sehr weh und Elena möchte ihn abwehren. Doch als sie aufhört, ihn zu blasen, schlägt er auf ihre Nippel. Gerade so fest, dass es sehr wehtut, aber aushaltbar ist. Elena versteht und wendet sich wieder seinem Schwanz zu. Da greift er fest in ihren Haarschopf: »Mach einfach nur den Mund auf, ich will dich ficken.« Elena erschrickt - hat sie es ihm nicht gut gemacht -, sie tut aber, was er will und öffnet nur ihren Mund. Mit beiden Händen bearbeitet er ihre Brüste, während er langsam mit seinem Penis in ihren Mund hinein- und hinausgleitet, selbstvergessen, er scheint nicht zu bemerken, dass Elena sich bereits vor Schmerzen windet. Schmerzen, die ein Höllenfeuer in ihrer Lusthöhle entfachen. Unwillkürlich schiebt sie ihr Kleid hoch, fährt mit der Hand unter den Slip und beginnt, ihre Klitoris zu bearbeiten. Sie ist hart, geschwollen, wie eine Pflaume. Als er es bemerkt, drückt er ihre Brüste so fest zusammen, dass sie aufjault.

»Habe ich dir das erlaubt?«

Elena schüttelt verneinend den Kopf.

»Dann lass es. Verschränk die Hände hinter dem Rücken.« Folgsam tut sie, wie ihr geheißen. Wieder packt er ihren Hinterkopf und schiebt seinen Stab bis zum Anschlag in ihr Fickmaul - wieder muss sie würgen, wieder ignoriert er es.

Dann, mit einem Mal, lässt er von ihr ab, er stößt sie beinahe weg. Elena blickt ihm unsicher ins Gesicht.

»Frag mich jetzt nicht, ob es mir gefallen hat«, sagt er nach einer Weile.

»Es scheint nicht so.«

Er lächelt. Streicht über ihre Wange.

»Bist du verrückt? Mich hat noch nie eine Frau so geil geblasen. Aber ich kann dir doch nicht beim ersten Treffen ins Gesicht spritzen.« Er nimmt ihre Hand, zieht sie hoch, sodass sie auf seinem Schoß sitzt.

»Du bist unglaublich. Und du bist schön … Habe ich dir wehgetan?«

»Ja.«

»Zu fest?«

»Fast.«

»Du hast es gemocht?«

»Ich hasse den Schmerz. Aber es hat mich erregt. Sehr.«

»Gut. Lass es zu. Wenn Schmerz dich erregt, dann genieß ihn.«

»Okay.«

»Ich werde jetzt gehen. Aber ich möchte dich wiedersehen. Wie ist es mit dir? Willst du erst einmal darüber schlafen?«

»Nein. Das brauche ich nicht. Ich will es auch.«

Er beugt sich vor und gibt ihr wieder einen seiner sagenhaften Küsse. Der Mann küsst wirklich unglaublich! Was er mit seiner Zunge wohl noch so alles anstellen kann?

»Machst du es gerne im Freien?«

»Ich weiß nicht. Habe ich noch nicht versucht.«

»Möchtest du?«

»Ja.«

»Ich möchte dich morgen sehen. Kannst du abends ins *Seemans Café* an der Neuen Donau kommen? Sagen wir um 19 Uhr?«

Elena nickt.

»Du wirst tun, was ich dann sage?«

»Was soll ich tun?«

»Lass dich überraschen.«

Bevor er geht, nimmt er Elena noch einmal in den Arm und küsst sie wieder. Sie fühlt erneut ein Kribbeln in ihrer unersättlichen Lustgrotte, diese Küsse bringen sie um den Verstand. Dann ist er verschwunden und Elena kehrt zum Champagner zurück. Ihren Silvestervorsatz, einen Mann zu treffen, hat sie erfüllt. Nun liegen der Abend und die Nacht vor ihr. Aber sie hat keine Angst mehr davor, auch die Trauer ist verschwunden. Ein neues Abenteuer hat begonnen, es fühlt sich richtig an mit diesem Mann. Absolut richtig. Es hat kein Blitz in ihr Herz eingeschlagen - aber in ihr magisches Dreieck. Sie spürt, er wird ihr Feuer löschen. Diese Mischung aus Hart und Zart macht sie verrückt. Lächelnd nimmt sie sein Glas und leert es vollständig. Sie schenkt sich nach. Draußen krachen die Silvesterböller - sie hat sie in den letzten beiden Stunden nicht einmal wahrgenommen. Auch jetzt sind sie ihr gleichgültig. Sie serviert sich den Lachs und schaut die DVD an. Noch mehr Champagner. Langsam wird sie betrunken. Warum auch nicht? Elena köpft die zweite

Flasche, legt noch eine DVD ein und kuschelt sich in ihr Bett. Die Welt draußen feiert, aber Elena verschläft die magische Stunde ruhig und selig.

9.

Am ersten Januar erwacht sie erst am späten Vormittag. Der Champagner war gut, darum hat sie keinen Brummschädel. Sie telefoniert mit ihren Eltern und wünscht ihnen ein schönes neues Jahr. Wie es Reinhard denn geht, wollen sie wissen. Elena schüttelt über sich selbst den Kopf - ihren Eltern hätte sie es schon erzählen können. Das muss sie sobald wie möglich nachholen. Allerdings macht sie das wohl besser persönlich, also lügt sie ihnen etwas vor.

Nachdem sie aufgelegt hat, überlegt sie, was sie bis 19 Uhr mit sich anfangen soll. Sie ist ungeduldig und aufgeregt. Was sich Tobias wohl ausgedacht hat? Wie bringt sie die Zeit bis zum Abend herum? Sie könnte etwas arbeiten, ein paar Maskenpläne erstellen, zum Beispiel. Schlafen. Sich pflegen. Wenn sie nur nicht so ungeduldig wäre!

Doch irgendwie verstreichen die Stunden dann doch und um 18 Uhr verlässt sie das Atelier. Es ist ein langer Weg mit den öffentlichen Verkehrsmitteln bis zur Neuen Donau und Elena möchte nicht zu spät kommen.

Der Weg von der U-Bahnstation bis zum *Seemans Café* ist weit und als Elena endlich ankommt, ist sie völlig durchgefroren. Tobias wartet schon auf sie, er steht auf, als sie an den Tisch tritt, hilft ihr aus dem Mantel und rückt ihr einen Stuhl zurecht. Bevor sie sich setzen kann, küsst er sie. Herrlich! Er bestellt Kaffee und nachdem die Kellnerin serviert hat, beginnt er, zu sprechen.

»Elena, ich habe nachgedacht und ich möchte dir ein paar Dinge sagen. Du weißt, dass ich verheiratet bin. Meine Frau ist ein lieber Mensch und ich mag sie sehr - doch mit meinen sexuellen Vorlieben weiß sie nichts anzufangen. Überhaupt kann sie Sex nicht viel abgewinnen. Deshalb war ich auf der Suche nach einer Geliebten. Ich bin noch nicht lange in diesem Forum und vor dir habe ich nur zwei Frauen getroffen, aber da wusste ich sofort, dass es nicht passt. Bei dir war es das genaue Gegenteil, vom ersten Moment an. Ich möchte meine Fantasien mit dir ausleben. Aber mir ist genauso wichtig, dass du mir von deinen Träumen und Wünschen erzählst, damit wir auch die erfüllen können. Ich werde nicht immer Zeit haben, aber ich werde mir Zeit nehmen, sooft es geht. Okay?«

Elena drückt seine Hand. »Okay.«

»Was ich heute mit dir vorhabe, habe ich mir schon lange gewünscht. Bist du bereit?«

»Sag mir, was ich tun soll.«

»Mein Auto steht hinten auf dem Parkplatz. Keine Angst, es ist die hinterste, dunkelste Ecke. Ich will, dass du jetzt dahin gehst, deine Hose und deinen Slip runterziehst, bis zu den Knien, dann beugst du dich über die Motorhaube und wartest. Ich trinke noch in Ruhe meinen Kaffee aus. Du bist eingeladen.«

Elena sieht ihn ungläubig an.

»Was ist? Worauf wartest du?«

»Aber … was ist, wenn jemand kommt?«

Tobias sieht sie ernst an.

»Geh jetzt.«

Wie ein geprügelter Hund schleicht sie hinaus, hinter das Café. Auf dem Parkplatz, ganz hinten, steht ein einzelner Wagen. Seiner. Elena sieht sich um. Keiner hier. Also geht sie zu dem grünen Peugeot. Streicht mit der Hand über die Motorhaube. Sie ist noch warm. Gut für sie, denn die Nacht ist kalt. Unschlüssig verharrt sie. Bis sie Schritte hört. Er kommt. Elena packt die Angst, längst sollte sie hier liegen. Wie er es befohlen hatte, zieht sie ihre Jeans und ihren Slip bis zu den Knien herunter, beugt sich über die Motorhaube. Schon ist er neben ihr.

»Hände in den Nacken.« Elena gehorcht. Sofort packt er sie an ihren Brüsten und drückt zu. Sie schreit auf, legt reflexartig ihre Hände schützend vor ihre Brust.

»Wie sollst du liegen?«

Elena beißt sich auf die Lippen. »Verzeihung.« Sie nimmt wieder ihre Position ein. Er stellt sich zwischen ihre Beine, seine andere Hand streicht kurz über ihre Nippel. Ratsch - mit einem Ruck hat er ihre Bluse aufgerissen, sodass die Knöpfe zur Seite springen.

Nun nimmt er sich wieder ihre Nippel vor. Knetet, zwirbelt sie - dann schlägt er sie auf den Arsch. So fest!

Sie schafft es kaum, stillzuliegen. Wimmert. Und will mehr. Als hätte er das gespürt, hört er auf.

»Ist es gut?«

»Ja!«

»Willst du mehr?«

Sie nickt.

»Dann bitte darum.«

Das ist jetzt auch schon egal.

»Bitte mach weiter.«

»Nein«, sagt er. »Du bist ein kleines, geiles Luder. Ich mag das.« Er steckt sich eine Zigarette an.

»Schau mich an.«

Sofort dreht sie sich zu ihm um.

»Und jetzt mach es dir selber und schau mir dabei in die Augen.« Egal, es ist ihr wirklich egal, dass sie sich schämt. Das hier ist es, was sie will. Und er gibt es ihr. Ihre Hände gleiten nach unten, ihre Fotze ist klatschnass, sie beginnt, sie zu reiben, fester, schneller. Stöhnt verhalten.

»Los, ich will dich hören.« Sie tut, wie ihr geheißen. Keucht, stöhnt lauter, das vertraute schmatzende Geräusch, wenn sie mit der Hand hinein- und hinausfährt.

»Bevor du kommst, hörst du auf.«

Tobias dreht fest an ihren Nippeln, was sie noch geiler macht. Gleich ist es so weit.

»Tobias«, keucht sie, »bitte, ich komme gleich!«

»Mach weiter, aber ich verbiete dir, zu kommen.«

Doch ist das schon nicht mehr möglich - sie spürt,

wie die Wellen kommen. Er hört es an ihrem Atem. Ein harter Schlag trifft ihre Möse. Einmal. Und noch einmal. Sie schreit auf. »Sei still!«

Wieder steht er zwischen ihren Beinen.

»Hände in den Nacken und dreh dich wieder um«, stößt er hervor und öffnet seine Hose, drückt sein Schwert gegen ihre Scheide, die vor Feuchtigkeit glänzt. Verharrt am Eingang und küsst sie in den Nacken, beißt sie leicht, Gänsehaut läuft über ihren Rücken.

»Ich habe so lange eine Frau wie dich gesucht. Eine, die meine kühnsten Träume erfüllt. Du bist wundervoll. Ich danke dir.« Jetzt erst dringt er in sie ein, spießt sie auf, vögelt sie schnell und mit kurzen Stößen. Dann zieht er sich zurück, nimmt Elena an den Schultern und dreht sie zu sich herum. Er drückt sie auf die Motorhaube, schiebt sie ganz hinauf. Sie winkelt ihre Beine an und sein Kopf verschwindet zwischen ihren Schenkeln. Er leckt sie, leckt wie ein Verrückter, saugt an ihrem Kitzler. Sie beginnt, sich an seinem Gesicht zu reiben. Sie bewegt sich wilder, heftiger. Es ist wie ein wilder Tanz, reibt sich, stöhnt. Und hält plötzlich inne, beugt sich nach vorne und wichst seinen Schwanz, bis er meint, zu platzen, sofort abzuspritzen.

Ganz gegen ihre neue Gewohnheit übernimmt nun Elena die Führung. Sie gleitet von der Motorhaube herunter und wichst noch ein paarmal seinen Schwanz, über den dann ein Gummi gezogen wird. Nun dreht Elena ihn herum, sodass er auf der Motorhaube liegt und besteigt ihn. Langsam lässt sie sich auf ihm nieder und bleibt ganz still sitzen. Das schafft er nicht, die Hitze und Enge ihrer Fotze machen ihn schier wahnsinnig und er beginnt, sich zu bewegen. Aber dann legt Elena los, nagelt ihn richtiggehend auf der Motorhaube fest. Sie kommt. So heftig, dass sie sich aufbäumt. Es ist zu gewaltig, er fickt sie weiter, sie versucht, ihn wegzudrücken, sie braucht eine Pause, ist total überreizt, kraftlos - und noch immer geil. Tobias merkt nicht, wie es ihr geht, weiter und weiter fickt er sie wie verrückt. Es tut weh und das erregt sie immer mehr. Dann kommt sie, kommt und kommt, ein zweites Mal, ein drittes Mal, er ist noch immer in ihrer Fotze und - da stößt er »Ja, ja, ich komme!« hervor und spritzt ab. Elenas Becken bebt noch - sie liegt halb auf ihm, ebenso zuckend, keuchend, verschwitzt. Zärtlich legt er die Arme um sie und küsst ihr Haar. Sie liegt da, ruhig, ihr Atem beruhigt sich. Elena richtet sich auf. Seine Hände schieben sich unter ihren Po und er steht auf, hebt sie in die Luft und erneut legt er sie auf die Motorhaube. Sein Gesicht verschwindet wieder zwischen ihren Beinen. Vorsichtig und sanft leckt er den Saft von ihrer Möse. Er saugt, leckt - bis sie seinen Kopf festhält.

Die Zigarette danach. Eng umschlungen stehen sie da, Elena atmet seinen maskulinen Duft ein, genießt seine Wärme. Er streichelt ihr Haar, küsst sie wieder und wieder.

Dann fällt sein Blick auf die Motorhaube, die nach

ihrem wilden Ritt eine Delle aufweist.

»Hm«, schmunzelt er, »das werde ich meiner Frau erklären müssen.«

»Was wirst du sagen?«

»Ach, du weißt ja, diese Vandalen in der Silvesternacht … Elena?«

»Ja?«

»Sehe ich dich wieder? Wieder und wieder?«

»Ja, du siehst mich wieder. Hoffentlich bald.«

»Ich bringe dich jetzt nach Hause.«

Als sie in das Auto einsteigen, ertönt eine Stimme aus einem nahen Gebüsch: »Danke für die schöne Vorstellung.«

Elena glaubt beinahe, zu ersticken vor lauter Lachen.

10.

Noch im Auto kommt Tobias mit einer neuen Idee daher.

»Sag mir, hast du es schon … na ja, hast du es schon mal mit mehr als einem Mann auf einmal getrieben?«

»Was? Nein, noch nie. Du wirst doch nicht …«

»Hör zu, ich schreibe im Forum seit einiger Zeit mit einem Paar. Etwas älter als wir. Sie sind sehr nett und aufgeschlossen. Außerdem haben sie ein Spielzimmer. Mit Kreuz und Pranger … mich würde das schon sehr reizen … weißt du, ich sehe gerne zu. Und ich möchte zusehen, wenn dich ein anderer Mann züchtigt und nimmt.«

Elena ist sprachlos. Nachdem sie sich erholt hat, muss sie etwas klarstellen: »Bist du ein Voyeur?«

»Nicht generell. Nur wenn es um die Frau geht, mit der ich zusammen bin. Findest du das schlimm?«

Gute Frage. Wie findet sie das? Von einem Fremden vor seinen Augen Sex zu haben? Eigentlich ein reizvoller Gedanke, das muss sie zugeben.

»Nein. Ich finde es nicht schlimm. Aber gleich mit einem anderen Paar? Muss ich mit der Frau …? Das habe ich noch nie gemacht.«

»Überschlaf es einmal. Und dann gib mir Bescheid.«

Elena lacht schon wieder.

»Das brauche ich nicht. Ich habe die letzten Jahre gelebt wie eine Nonne. Ich habe viel nachzuholen. Und wer hat nicht schon mal davon fantasiert, es mit zwei Männern zu tun?«

»Du bist unglaublich! Das heißt, ich kann ein Treffen mit den beiden vereinbaren?«

»Wann immer du willst.«

Tobias fährt an den Straßenrand, nimmt sie in den Arm und küsst sie lange.

»Du machst Träume wahr, du unglaubliche Frau.«

Als Elena wieder alleine ist, fühlt sie sich gar nicht so unglaublich. Es geht schon alles recht schnell und auch wenn sie dieses Treffen möchte, so ist sie doch nervös. Zu viert … so etwas kann auch schiefgehen. Vielleicht fühlt sich jemand vernachlässigt oder ist eifersüchtig. Was ist, wenn sie dieses andere Paar gar nicht so nett findet wie Tobias? Elena hört genau in sich hinein - macht sie es nur, um Tobias zu gefallen? Nein. Nein, sie möchte es selbst. Irgendwie. Oder ist sie gar verliebt? Da tut man die seltsamsten Dinge. Aber Elena kann auch keine Verliebtheit in sich entdecken. Sie mag Tobias, mehr nicht. Ach, diese Nachdenkerei führt zu nichts. Man kann sie ja nicht zwingen, etwas zu tun, wenn sie nicht will. Abwarten und Tee trinken. Oder Champagner, noch besser, es ist noch etwas davon übrig.

11.

Zwei Tage später ist sie noch nervöser. Sie kleidet sich sorgfältig und sexy - Strümpfe, ein schwarzes Wickelkleid, das zum Anfassen und Öffnen einlädt, einen schwarzen Spitzen-BH. Auf ein Höschen verzichtet sie, sie würde es ja wohl doch nicht lange anbehalten.

Pünktlich um 14 Uhr parkt Tobias' Wagen vor dem Atelier und sie fahren los zu Gitta und Toni - so heißt das Pärchen. Dass Elena etwas wortkarg ist, scheint Tobias zu verunsichern.

»Bist du nervös?«

»Etwas.«

»Du musst das nicht machen, wenn du nicht willst. Wir können auch einfach nur Kaffee mit ihnen trinken und plaudern.«

»Jetzt fahren wir erst einmal hin.«

Er legt seine Hand auf ihr Knie.

»Sie sind wirklich nett, du wirst es sehen.«

Und er hat recht. Gitta und Toni wohnen etwas außerhalb der Stadt in einem bescheidenen kleinen Häuschen. Sie gehen bestimmt auf die sechzig zu, wirken aber sehr agil und fröhlich. Sie heißen ihre Gäste herzlich willkommen, Gitta hat einen Kuchen gebacken und sie sitzen gemütlich beim Kaffee. Da die beiden so herzlich und freundlich sind, fällt Elenas Nervosität langsam von ihr ab. Sie beginnt, sich zu amüsieren. Gerade, als sie so richtig herzlich lacht und sich wohlfühlt, sagt Gitta:

»Weiß sie Bescheid?«

Tobias schüttelt den Kopf und Elenas Magen zieht sich zusammen. Was haben die drei mit ihr vor? Gitta merkt ihre Angst und tätschelt ihre Hand.

»Mädel, wir drei wollen dich uns vornehmen. Dich ein bisschen sekkieren und quälen, nichts Schlimmes, es wird dir Spaß machen. Du musst dich jetzt entscheiden - machst du mit oder willst du es lassen?«

Elena ist nicht wohl dabei, aber ihre Neugierde ist geweckt.

»Kann ich abbrechen, wenn ich nicht mehr kann oder will?«

»Jederzeit«, antwortet Gitta. »Aber es wird dir gefallen.«

»Okay.«

Die drei erheben sich vom Kaffeetisch und sehen Elena an. Langsam steht sie auf.

»Zieh dich aus«, sagt Toni.

Nervös nestelt Elena an ihrem Wickelkleid herum, bekommt den Knoten nicht auf. Da hilft Gitta ihr. Danach steht Elena da - nur in BH, Strümpfen und High Heels. Die drei mustern sie und Elena errötet.

»Dreh dich.«

Langsam dreht sich Elena im Kreis.

»Nicht schlecht.« Toni feixt und Tobias legt Elena die Hand auf die Schulter und drückt sie vor Toni auf die Knie.

»Sag Toni erst einmal anständig guten Tag.«

Der öffnet seine Hose und schiebt sein schon stark erigiertes Glied in Elenas Mund und fickt sie leicht.

»Was für eine heiße Mundfotze - hör auf! Das musst du dir schon verdienen, dass du mir einen blasen darfst. Komm mit.«

Elena möchte aufstehen, aber Gitta befiehlt:

»Auf allen vieren, Kleine.«

Gehorsam, aber beschämt krabbelt Elena über den Boden, folgt den dreien in ein anderes Zimmer. Das Spielzimmer. In der Mitte steht ein riesiges Bett mit vier Bettpfosten - bestimmt gut, um jemanden daran festzubinden. An einer Wand befindet sich ein Andreaskreuz, daneben sind Ketten, Peitschen und Gerten aufgehängt. Gegenüber steht ein Pranger. Elena wird es schwummerig - was erwartet sie? Gitta stellt einen Hocker vor das Kreuz und bedeutet Elena, sich daraufzusetzen. Dann werden ihre Arme mit Ketten nach oben gezogen und am Kreuz befestigt. Als Nächstes verbindet Gitta ihr die Augen und sagt: »Wir gehen jetzt erst mal eine rauchen.« Damit lassen sie Elena alleine. Wie lange? Was ist, wenn sie nun stundenlang fortbleiben? Ihr ist kalt und sie hat Angst. Wartet. Hört draußen die Stimmen und das Lachen der drei anderen. Ob sie über Elena lachen? Machen sie sich lustig? Sie zerrt versuchsweise an ihren Ketten - aber natürlich hat sie keine Chance. Da sitzt sie und ist den dreien voll und ganz ausgeliefert. Angst, ja. Aber da ist sie auch schon, die verräterische Nässe, die ihrer Fotze entweicht.

Warten.

Es kommt ihr wie eine Ewigkeit vor, bis sie hört, dass sich die Stimmen wieder nähern. Sie bemerkt, dass jemand vor ihr steht. Am Geruch erkennt sie, dass es Tobias ist. Er küsst sie und flüstert: »Hab keine Angst, ich passe auf dich auf.«

Tonis Stimme: »Dann fangen wir mal an und nehmen uns die Kleine vor.« Tobias entfernt sich und sie spürt Hände, die ihre rechte Brust bearbeiten, leicht über ihre Warzen streichen, sodass sich die Nippel aufstellen. Dann sind da andere Hände auf ihrer linken Brust und sie sind nicht so zärtlich. Sie kneten und drücken, ziehen den Nippel lang. Es ist ein seltsames Gefühl, wenn jede Brust anders behandelt wird. Mit einem Mal hören sie auf und Elena vernimmt Geräusche, die sie nicht zuordnen kann. Etwas schließt sich eng und fest um ihre harten Nippel. Was ist das? Es schmerzt leicht, besonders wenn jemand mit den Warzen spielt, was nun so lange getan wird, bis Elena aufstöhnt und es ihr zu gefallen beginnt. Wieder hört sie Tonis Stimme: »Jetzt wollen wir mal sehen, wie dir der Flogger gefällt. Los, Gitta.« Klatsch - der erste Schlag trifft ihren Bauch, schon folgen die nächsten auf ihre Brüste, ihre Möse. Elena schreit auf, aber Gitta macht weiter. Manchmal streicht sie nur über Elenas Haut, dann spürt sie das kühle, glatte Leder, es macht das Streicheln nicht angenehm. Auch das Wissen, dass gleich der nächste Schlag folgen wird, erhöht die Spannung. Und da kommt er schon, die Lederbänder zeichnen ihre Haut, es brennt und schmerzt.

»Das reicht, Schatz. Jetzt bin ich dran«, hört sie Toni sagen. Er fasst ihr grob ins Gesicht, da hört sie Tobias' Stimme: »Keine Ohrfeigen.« Er passt wirklich auf sie auf. Elena atmet etwas durch. Es gibt ihr Sicherheit und sie entspannt sich.

»Na schön. Tun diesen Subs aber immer gut. Dann wissen sie, wo ihr Platz ist. Gib mir das Nervenrad, Gitta.«

Ein neues Gefühl, etwas ritzt ihre Haut, Elena windet sich.

»Halt schön still. Und lass mal sehen, wie geil du bist.« Tonis große Hand fasst in ihre Nässe und er lacht: »Du bist perfekt dafür geeignet, Mädchen, mit dir macht das Spielen Spaß.« Er umkreist mit dem Rad ihre Brustwarzen, schließlich fährt er damit über ihre

Nippel und das schlägt bei Elena ein wie ein Blitz. Als hätte er das gemerkt, lässt Toni von ihr ab und wieder folgen unbekannte Geräusche. Elena nimmt plötzlich etwas Raues auf ihrer Haut wahr. Eine Hand hebt ihre Brust an und ein Seil wird darum gewickelt und festgezogen. So fest, dass sie sich windet.

»Was für schöne Titten zum Abbinden. Schaut nur, wie sie wegstehen, warten wir ein wenig, bis sie blau werden. Gott, sind das geile Titten!«, flüstert Gitta neidisch und zwickt Elena fest in den Oberarm.

»Au!«

»Pst, Kleine. Schade, dass du nicht siehst, wie deine Euter blau werden.«

Elena spürt nur eine große Spannung in ihren Brüsten, sie schmerzen, die Seile schneiden ein. Und da ist auch wieder das Nervenrad, oh Himmel, wie empfindlich ihre Haut jetzt ist. Gittas weiche Hände streicheln sie, drücken ihre Nippel hinein, dann wartet sie, bis sie wieder herauskommen und drückt sie erneut hinein. Dazu das Nervenrad, diese Mischung ist zum Irrsinnigwerden. Auf einmal ertönt ein Brummen und eine Hand spreizt ihre Schenkel. Etwas großes Vibrierendes wird an ihre Scham gehalten, teilt die Lippen, wird genau auf ihrer Klitoris platziert. Es ist so stark, zu stark, das hält sie nicht aus. Doch es hilft kein Winden und kein Zerren an den Ketten, sie ist ihnen ausgeliefert und sie machen mit ihr, was sie wollen. Sie drängt ihr Becken gegen den Vibrator und reibt sich daran. Sie presst die

Lippen zusammen, doch sie kann die lustvollen Laute nicht unterdrücken. Es tut weh, es ist gut, es ist so geil. Dann wechselt alles ab - Flogger, Nervenrad, Klammern, Vibrator, Hände -, sie weiß nicht, wohin sie zuerst spüren soll, gerät in einen Taumel der Lust, vergisst alles um sich herum. Doch plötzlich hört alles auf, keine Berührung mehr. Elena windet sich trotzdem noch, wirft den Kopf hin und her, kann es nicht glauben, immer diese Unterbrechungen! Jetzt erst bemerkt sie, dass ihre Arme von der ungewohnten Position ziemlich schmerzen, in diesem Augenblick werden die Ketten aber gelöst und Gitta sagt: »Steh auf, ich führe dich.« Wohin, ist schnell klar, denn Elena muss sich nach vorne beugen - die abgebundenen Brüste pulsieren dabei heftig. Sie stellen sie an den Pranger, schließen sie ein. Gitta bearbeitet nun von vorne ihre Titten, während Toni zur Gerte greift und mit der Züchtigung beginnt. Erst flaniert die Gerte freundlich über ihre Haut, doch dann holt er aus und bereits der erste Schlag ist ein Volltreffer, sodass Elena aufjault. Gitta verlagert nun ihre Tätigkeit - sie setzt sich auf den Boden und hält einen Massagestab an Elenas Allerheiligstes. Nun kommt auch noch Tobias dazu und küsst seine Geliebte, küsst sie heiß und lange, spielt mit den Brüsten, die nun eine violette Farbe angenommen haben. Es ist der Wahnsinn, noch nie hat Elena auf einmal so viele geile Eindrücke, Berührungen und Stimulation erlebt, sie kann nicht anders, sie schreit ihre Erregung hinaus, der Saft läuft an ihren Beinen herunter. Sie fühlt einen mächtigen Orgasmus herannahen, stöhnt, winselt um Gnade, denn Toni ist unbarmherzig mit seiner Gerte. Sie rüttelt so fest am Pranger, dass sie ihre Handgelenke wund scheuert, ihre Oberschenkel zittern wie in einem Krampf, sie will kommen, kommen! Aber Toni verbietet es: »Wenn du ohne unsere Erlaubnis kommst, bestrafe ich dich so, dass du die nächsten drei Tage nicht mehr sitzen kannst.« Elena glaubt ihm, versucht, sich zu beherrschen, den Höhepunkt zu unterdrücken. Sie brüllt dagegen an, verzweifelt, sie will nicht bestraft werden, nicht von Toni, nein, niemals! Strafe ja, aber nur von Tobias!

»Bitte, bitte, hört auf! Ich kann es nicht mehr halten! Bitte!«

Toni: »Doch, du kannst, beherrsche dich!«

Er treibt sie wie ein gehetztes Tier immer wieder an den Rand des Untergangs, der Explosion, der Auflösung - mit seinen Hieben steuert er ihre Lust nach Belieben. Dazu das Vibrieren an ihrem Lustknopf - wer kann so einem Ansturm lange Widerstand leisten?

»Aus!«, ruft Toni und alle drei hören auf, Elena zu reizen, doch sie schreit immer noch, ist immer noch kurz davor, zu kommen. Ihre Brüste tun elend weh, an ihrer Klitoris fühlt sie noch die Vibrationen. Es dauert ein paar Minuten, bis Elena sich beruhigt hat. Tränen laufen über ihre Wangen. Gitta streichelt ihren Rücken, Tobias ihr Gesicht und Toni befreit sie aus dem Pranger und nimmt ihr die Augenbinde ab.

»Knie dich auf das Bett, Kleine.«

Aber Elena ist kaum fähig, einen Schritt zu gehen. Entsetzt betrachtet sie das, was aus ihren schönen Möpsen geworden ist. Es fühlt sich an, als würden sie gleich explodieren.

»Bitte, macht die Seile ab, es tut schon zu weh.«

Gitta lacht: »Das wird aber auch nicht angenehm, wenn das Blut wieder reinschießt.« Doch sie befreien Elena von den Seilen und Gitta hatte recht. Die rauen Taue haben ihre Haut wund gescheuert und heiß kehrt das Blut zurück, unangenehm.

Tobias nimmt ihren Kopf zwischen die Hände: »Ich nehme dir jetzt die Klammern ab - bist du bereit?« Elena denkt, dass das nicht so schlimm werden kann, denn nach dem anfänglichen Leid, das ihr die Klemmen verursacht haben, fühlen sich ihre Brustwarzen nun wie taub an. Doch in der Sekunde, in der Tobias die Klammern löst, schreit sie wie ein verwundetes Tier. Es sind Höllenqualen, die sie durchleidet. Aber trotzdem ist sie so nass, der Massagestab hat ihren Saft beinahe schaumig geschlagen. Ihre Fotze ist so geschwollen, dass die Schamlippen bei jedem Schritt, den sie Elena nun zum Bett geleiten, aneinander reiben, was zu erneuter Erregung führt.

Sie muss sich nicht gleich hinknien, sie darf sich auf den Rücken legen und etwas ausruhen. Langsam beruhigt sie sich so weit, dass sie sich freiwillig in Position bringt.

»Warte noch!«, meint Toni. »Jetzt spielen wir ein wenig mit der Saugglocke.« Misstrauisch beäugt Elena das Ding, das er nun in Händen hält.

»Dreh dich erst auf den Rücken und spreiz die Beine.« Kaum hat sie das getan, ist Gitta neben ihr und bringt zwei Nippelsauger an Elenas immer noch hochsensiblen Brustwarzen an. Sie bewirken, dass ihre Nippel extrem groß werden. Es prickelt, das saugende Gefühl ist herrlich, eine überwältigende Empfindung, Elena genießt es sehr.

In der Zwischenzeit presst Toni die durchsichtige Saugglocke auf ihre Vagina und pumpt die Luft ab, sodass ein Vakuum entsteht.

»Sieh hin«, sagt er zu Elena und sie beobachtet, wie ihre Schamlippen riesengroß anschwellen. Er saugt und saugt, der Druck wird unangenehm - dann nimmt er die Glocke wieder ab und berührt ihre Schamlippen -, sie sind nun noch reizbarer und empfindlicher als sonst, beinahe ist ihr das Streicheln zu viel. Toni leert Gleitmittel auf ihr geschwollenes Geschlecht und schiebt alle fünf Finger in sie hinein, was mit Leichtigkeit geht, so erregt ist Elena. Zuerst fickt er sie langsam mit der Hand, tiefer und tiefer fasst er in ihre Scheide, versucht, die ganze Hand hineinzudrücken. Es tut weh, oh, so entsetzlich weh. Elena möchte ihn mit den Händen abwehren, doch Gitta hält sie fest: »Entspann dich, Schätzchen. Bist wohl noch nie gefistet worden, warte nur, das ist ein geiles Gefühl, wenn er die ganze Hand in dir hat. Musst nur den ersten Schmerz aushalten. Komm, sei brav, beweg dich nicht so heftig, so halte doch still!«

Toni nimmt noch mehr Gleitmittel: »Halt still, Kleine, du entkommst mir ohnehin nicht. Es wird dir gefallen, ich bin gleich ganz drinnen.«

»Mach es mit einem Ruck, Schatz, die gibt keine Ruhe.«

Und Toni tut es. Es ist, als würde Elena in der Mitte auseinandergerissen werden, noch nie in ihrem ganzen Leben hat sie solch eine Qual erlebt. Alle Erregung ist wie weggeblasen. Sie klagt und weint und hat doch ein Gefühl des Triumphes in sich. Sie hat es geschafft, hat es ausgehalten - und immer schon wollte sie wissen, wie es ist, gefistet zu werden. Gitta streichelt ihr Gesicht - erst jetzt merkt Elena, dass sie der armen Frau die Hand zusammengequetscht hat, als Toni in sie eingedrungen ist.

»Tut mir leid, Gitta, es hat so wehgetan.«

»Ich weiß, Schätzchen, aber warte nur, was jetzt kommt. Entspann dich.« Also entspannt Elena sich. Um ihr blaues Wunder zu erleben, denn langsam gewöhnt sie sich an die Hand in ihrer Vagina. Als Toni vorsichtig seine Hand zu bewegen beginnt, ist es tatsächlich ein unglaubliches Gefühl. So erfüllt, so angefüllt war sie noch nie. Sie spürt seine Hand, die vorsichtig die Vorderseite ihrer Gebärmutter umfasst, sich dann wieder zurückzieht, leicht aus ihr herausgleitet und schmerzhaft wieder hinein. Es ist, als würde ein Düsenjet durch einen Tunnel fliegen, einfach unfassbar. Elenas Mund steht offen, das Denken völlig ausgeschaltet, nur noch Empfindung, gibt sie Laute von sich mit einer Stimme, die sie selbst noch nie an sich gehört hat. Toni beginnt nun, seine Hand in ihr zu drehen, was sich noch besser anfühlt und diesmal pfeift Elena darauf, ob sie bestraft wird oder nicht. Sie will den Orgasmus haben, jetzt, auf der Stelle und sie lässt sich in das Gefühl hineinfallen, kennt keine Hemmungen mehr, stöhnt, schreit - und endlich, endlich, wie ein Blitzschlag, explodiert sie und squirtet. Toni zieht die Hand schnell aus ihr heraus und in hohem Bogen spritzt ihr Saft durch den Raum, begleitet von Zuckungen, Spasmen von solcher Gewalt, dass sie beinahe aus dem Bett fällt. In der nächsten Sekunde ist Tobias neben ihr, nimmt sie in den Arm, streichelt sie, küsst sie, flüstert in ihr Ohr, wie wundervoll sie ist und: »Danke, danke, danke!«

Nun lassen sie von Elena ab, Toni und Gitta widmen sich einander, doch das bekommt Elena gar nicht mit. Sie hat jetzt genug, außerdem Durst und sie möchte mit Tobias alleine sein.

»Bring mich hier weg«, flüstert sie ihm ins Ohr. Liebevoll hilft er ihr, sich aufzurichten und bringt sie in den Raum zurück, in dem sie Kaffee getrunken haben. Aus dem Spielzimmer hört man die beiden anderen keuchen.

»Willst du ihnen zusehen?«

»Nein, Tobias, ich will zurück ins Atelier. Für heute ist es genug.«

Elena ist sehr unsicher auf den Beinen, doch schnell beim Anziehen. Leise schleichen sie sich hinaus, wollen Gitta und Toni nicht stören. Tobias wird sie später anrufen.

Als sie im Auto sitzen, schläft Elena augenblicklich vor Erschöpfung ein und Tobias weckt sie erst, als sie wieder beim Atelier angelangt sind.

»Kommst du noch mit hinein?«

»Ich kann nicht, leider. Ich muss nach Hause. Wie war es für dich?«

Elena denkt kurz nach. »Schon ganz schön heftig. Aber auch sehr geil. Und für dich?«

»Ich habe dreimal abgespritzt.«

»Was? Aber … du hättest mich doch … ich meine, wenn ich da bin, musst du es dir doch nicht selber machen.«

Tobias lacht. »Es war perfekt, Elena. Es war das Geilste, was ich je gesehen habe. Ich kann dir nicht genug dafür danken.«

Sie küssen sich.

»Und was hast du als Nächstes vor?«

»Warum sagst du mir nicht, was du gerne machen würdest, Elena?«

»Na ja …«

»Es muss dir nicht peinlich sein.«

»Ich hätte gerne mal mit drei Männern Sex. Alle drei auf einmal. Du und noch zwei andere.«

»Ehrlich?«

»Ja.«

»Ich habe zwei gute Freunde, die hätten sicher nichts dagegen.« Tobias grinst.

»Gut. Das wird unser nächstes Abenteuer. Danke, dass du heute auf mich aufgepasst hast.«

Sie küssen sich noch einmal, dann steigt Elena aus und blickt dem davonfahrenden Wagen nach. Zum Glück schafft sie es alleine ins Atelier, lässt alle Kleidungsstücke fallen und stellt sich unter die heiße Dusche, die tatsächlich etwas belebend wirkt. Sie hat jetzt schon einen Muskelkater und auf ihre Handgelenke muss sie eine Wund- und Heilsalbe auftragen und sie verbinden. Hoffentlich lässt sich Tobias mit den beiden Männern etwas Zeit, nach dem heutigen Nachmittag braucht sie eine Schonfrist. Nachdem sie sich etwas zu essen gemacht hat, stellt sie fest, dass sie nun beinahe schon zwei Wochen im Atelier wohnt. Noch eineinhalb Wochen, dann muss sie wieder zurück ins normale Leben. Eineinhalb Wochen ... Nein, Tobias und seine Freunde sollen ihr besser keine Schonfrist gewähren.

12.

Es dauert dann doch zwei Tage. Zwei Tage, in denen Elena genau in sich hineinhört, um festzustellen, ob ihr Tobias fehlt. Welche Gedanken sie sich über ihn macht. Und die beruhigende Antwort ist: Nein, er fehlt ihr nicht und er interessiert sie nur soweit, als dass sie geilen Sex mit ihm haben möchte. Was er in seinem Leben außerhalb ihres Dunstkreises tut und lässt, interessiert sie nicht. Er betrügt seine Frau. Was sagt das über ihn aus? Ist er zu feige, sein Leben konsequent zu ändern? Oder liebt er sie tatsächlich nach wie vor, findet aber keine sexuelle Erfüllung bei ihr - so wie er sagt? Elena beschließt, nicht weiter darüber nachzudenken. Moralisch gesehen, ist es wohl nicht richtig, was sie mit ihm treibt. Aber sie will sich nicht um Moral kümmern, nicht mehr. Moral erscheint ihr als enges Korsett, das Menschen sich zulegen, weil sie Angst vor der Freiheit haben. So zumindest sieht Elena die Sache und damit lässt sie es gut sein.

Reinhard meldet sich, er will noch einmal mit ihr über das Ende ihrer Beziehung sprechen. Auch wenn Elena nicht ganz einsieht, was das bringen soll, tut sie ihm den Gefallen und trifft sich mit ihm. Zuerst hatte sie ein wenig Angst, dass das Gefühl der Trauer wieder in ihr aufkommt - doch als sie ihm dann gegenübersteht … fühlt sie gar nichts. Freundschaft vielleicht. Aber er kommt ihr so weit weg vor, als käme er aus einer anderen Welt. Ja, er sieht gut aus, doch er reizt sie sexuell überhaupt nicht. Hat er das je getan? Oder hat sie nur mit ihm geschlafen, weil das eben zu einer Beziehung dazugehört? Überwältigend war ihr Sexleben ja nie. Zärtlich, ja. Aber von blinder Leidenschaft kann keine Rede sein.

»Hörst du mir nicht zu, Elena?«

»Oh, entschuldige, ich war ganz in Gedanken.«

»Ich habe dich gefragt, ob wir es nicht … also, wollen wir es noch einmal miteinander versuchen? Du fehlst mir.«

Das trifft Elena jetzt doch ins Herz, denn damit hat sie nicht gerechnet.

»Du hast gesagt, du liebst mich nicht mehr.«

»Ich weiß, aber … ich bin mir nun doch nicht sicher.«

»Ach so und da soll ich also zurückkommen, bis du dir sicher bist? Nein, das werde ich nicht. Denn, auch wenn es mir leidtut, das zu sagen, Reinhard, ich bin mir sicher. Ich liebe dich nicht mehr.«

Er sieht sie an wie ein geprügelter Hund.

»Hast du jemanden kennengelernt?«

Was soll sie darauf antworten? Wenn sie ihm die Wahrheit sagt, wird sie ihn verletzen und das will sie nicht.

»Nein.«

»Was ist es dann?«

»Du hast es doch vor ein paar Tagen noch selbst gesagt: Bei uns ist die Luft raus. Daran hat sich seitdem nichts geändert. Es tut mir leid. Ich mag dich. Als Freund. Aber mehr nicht.«

»Wie du meinst.« Es klingt sehr verletzt.

Elena schweigt. Sie will sich nicht für ihre Gefühle

entschuldigen. Schließlich steht Reinhard auf.

»Vielleicht hast du recht und ich bin nur sentimental. Ich muss darüber nachdenken.« So verabschieden sie sich von einander und Elena ist froh, wieder in ihren Schlupfwinkel zurückzukehren. Sie hat sich angewöhnt, nackt im Atelier herumzulaufen. Neugierig betrachtet sie die Spuren auf ihrem Körper ... einige blaue Flecke und Schorf an ihrem Handgelenk. Vom Pranger ... Am Pranger stehen ... das war geil. Sich so gar nicht wehren zu können, aber immer in dem Wissen, dass ihr nichts Böses geschieht, weil Tobias da ist. Tobias. Und seine beiden Freunde. Wie das wohl sein wird - mit drei Männern gleichzeitig Sex zu haben? Zu ficken und zu blasen. Drei harte Schwänze nur für sie, wie herrlich!

Als hätte er ihre Gedanken gespürt, meldet sich Tobias. Ob sie morgen Abend Zeit hat? Er würde mit den beiden Freunden gegen 18 Uhr ins Atelier kommen, das wäre doch ein guter Ort für ihren Vierer. Elena ist ganz seiner Meinung. Das Atelier ihrer Leidenschaft, der Ort, an dem sie sich selbst gefunden hat.

***

Am nächsten Tag schläft sie lange, bis zum Mittag, frühstückt ausgiebig. Sie braucht Kraft heute Nacht. Und dann bereitet sie eine richtige Liebeswiese vor dem Ofen vor. Sie legt mehrere Decken übereinander, damit es weich ist. Darauf platziert sie die Kissen vom Sofa. Im Supermarkt kauft sie einige große Stumpenkerzen, Wein, Bier, Sekt und lässt eine kalte Platte anrichten.

Tobias hat versprochen, die Kosten zu tragen, sie soll an nichts sparen. Eine Orgie soll es werden, eine Orgie für alle Sinne. Es macht großen Spaß, einmal einzukaufen, ohne auf Geld achten zu müssen.

Die Kerzen stellt sie rund um die Spielwiese auf - mit Sicherheitsabstand. Dann geht sie ins Bad, seift ihren Körper gründlich ein, rasiert ihre Muschi sorgfältig. Danach cremt sie sich mit Wildrosencreme ein. Vermischt mit ihrem Körpergeruch, ergibt das eine wunderbare Mischung, dunkel und sinnlich. Sie kleidet sich an. Wobei das zu viel gesagt ist, denn sie trägt einen Hauch von Nichts als Unterwäsche, Strümpfe mit Strapsen und ein rotes, sehr knapp bemessenes Minikleid. Und natürlich High Heels. Elena betrachtet sich zufrieden im Spiegel, trägt nur leichtes Make-up auf, es wird nachts sowieso verwischt werden. Einen Spritzer Parfum, die lange, schwarze Mähne noch einmal auffrisiert - fertig. Die Herren können kommen. Zwischendurch streift ihr Gedanke kurz bei den Besitzern des Ateliers vorbei - wenn die wüssten ... besser nicht. Es wäre ihnen wohl kaum recht, dass Elena ihr Atelier in einen herrlichen Sündenpfuhl verwandelt. Nachbarn hat Elena noch keine gesehen und nach ihrem Wissen haben Paul und Susanne auch keinen Kontakt zu ihnen. Gut so, dann wird sie keiner verpfeifen. Sie hat auch alle wertvollen Gegenstände weggeräumt, die Tür zu den Malräumen geschlossen. Die Herren werden sich nur im Vorraum vor dem Ofen oder in dem kleinen Schlafzimmer aufhalten. Wie aufs Stichwort klopft es an der Eingangstür und Elena macht auf. Vor ihr stehen drei Männer, wie sie unterschiedlicher nicht sein können. Tobias, natürlich. Dann ein grauhaariger, älterer Mann mit athletischem Körperbau, beinahe so groß wie Tobias, aber eben breiter gebaut. Er stellt sich als Harald vor. Und schließlich Ben: jünger als die beiden anderen und kleiner mit Bauchansatz und Pferdeschwanz.

»Kommt herein«, sagt Elena. Die drei betreten das Atelier, Harald überreicht ihr eine Flasche Champagner und Ben eine Packung Käsestangen. Tobias überreicht sich selbst - mit einem langen Kuss. Ben zieht Jacke und Schuhe aus und lässt sich auf die Decken fallen: »Geile Location!« Harald steht etwas unsicher in der Gegend herum, aber schließlich macht auch er es sich bequem und Elena holt Getränke und die kalte Platte. Es herrscht eine eigentümliche Stimmung. Jeder weiß, was passieren wird, aber keiner verliert ein Wort darüber, auch berührt niemand Elena, nicht einmal Tobias. Nachdem die anfängliche Steifheit überwunden ist, unterhalten sie sich über alles Mögliche, Belangloses. Elena merkt, dass sie nervös wird. Wie beginnt man? Ratlos sieht sie Tobias an und er prostet ihr zu. Da sie nicht den ersten Schritt machen möchte, wartet Elena, wird immer stiller. Die Männer unterhalten sich jetzt über ihre Computer - na, noch unsinnlicher geht es ja kaum. Plötzlich, aus dem Nichts heraus, fasst Tobias Elena, die neben ihm lagert, ins Haar und küsst sie. Das ist der Startschuss, denn auf einmal spürt sie fremde Hände, die ihre Beine entlangstreichen und andere Hände, die sich auf ihren Bauch legen und in Richtung ihrer Brüste wandern. Tobias' Hände spielen mit ihrem Haar, bewegen sich dann aber unter den Ausschnitt ihres Kleides und spielen ebenfalls mit ihren Titten. Es ist ein herrliches Gefühl, so viele Hände, die alle nur das eine wollen: Sie berühren, erkunden. Elena schnurrt wie eine Katze. Sie betten sie auf den Rücken und Harald schiebt ihr Kleid hoch, und wendet sich nun der Innenseite ihrer Schenkel zu. Ben massiert ihre Füße und Tobias ist immer noch an ihrem Dekolleté zugange. Schließlich sagt er: »Zieh das Kleid aus.« Elena will sich nicht bewegen, sie genießt in vollen Zügen, will diese Wonne nicht unterbrechen. Tobias greift fester zu und sagt noch einmal, diesmal in schärferem Ton: »Zieh dein Kleid aus.« Diesmal gehorcht Elena, wenn auch widerwillig. Die Hände lösen sich von ihr und drei Augenpaare sehen ihr beim Ausziehen zu. Sie steht nur in Unterwäsche und Strümpfen vor ihnen und Harald betrachtet sie am eingehendsten: »Du bist wunderschön, Elena.« Sie lächelt ihn an. Er streckt ihr die Hand entgegen, zieht sie wieder auf die Decke und umfasst mit beiden Händen ihre Möpse, knetet sie, leicht, fest, leicht. Elenas Warzen richten sich auf und Harald legt seine Daumen darauf und reibt sie. Ben hat sich wieder ihren Beinen zugewandt, streicht von den Knöcheln bis hinauf zu ihrem Schritt, dann wieder zurück und massiert ihre Füße. Die Berührungen werden intensiver, härter, noch besser. Elena kann ein Stöhnen nicht mehr unterdrücken, sieht, wie Tobias lächelt und sein Hemd auszieht. Die anderen folgen seinem Beispiel, jedoch behält immer einer seine Hände auf Elena. Harald schiebt ihr fürsorglich ein Kissen unter den Kopf, beugt sich vor, fährt mit den Händen in ihren BH und zwirbelt ihre Nippel. Elena seufzt. Endlich lässt Ben nun von ihren Füßen ab und wandert wieder höher, bis hinauf zu ihrer Muschi. Auch seine Hände bahnen sich nun einen Weg unter den Stoff. Er bearbeitet ihren Venushügel, massiert ihn, ebenso die Innenseite ihrer Schenkel. Elena wartet, hofft, dass er mit den Fingern in sie eindringt. Sie spürt ihre Nässe, die langsam zwischen den Schamlippen hervorsickert. Sie spreizt die Schenkel weiter, einladend, hebt ihr Becken etwas an. Aber die Männer haben es nicht eilig. Genüsslich liebkosten sie Elena, überall, nur nicht an der Stelle, wo sie es am meisten verlangt. Es ist, als hätten sie eine Abmachung getroffen, es möglichst lange hinauszuzögern. Schließlich will Elena sich selbst berühren, tastet mit den Händen nach unten, doch Tobias hält sie fest, schüttelt verneinend den Kopf. Er knöpft seine Jeans auf und holte seinen steifen Penis heraus, kniet sich über Elenas Gesicht. Sie weiß, was sie zu tun hat und öffnet ihren Mund, nimmt ihn auf, saugt und lutscht, umspielt seinen Schaft mit ihrer Zunge. Sie hört, wie zwei weitere Reißverschlüsse geöffnet werden, Stoff fällt zu Boden, Ben und Harald knien rechts und links von ihr und sie tastet mit den Händen nach ihren Gliedern. Schließlich hat sie drei Schwänze, die sie liebkost. Ihre Hände wichsen Ben und Harald und Tobias beginnt, sie sacht in den Mund zu ficken, während die beiden anderen sich wieder ihrem Körper zuwenden, eindringlicher jetzt, fordernder. Mit einem Mal zieht sich Tobias zurück und sagt: »Haltet sie fest.« Die beiden drücken Elenas Arme und Beine zu Boden und sie verfolgt mit den Augen Tobias, der in die Küche geht. Was hat er vor? Sie hört die Tür des Eisschranks und ahnt es schon. Ja, er kommt mit Eiswürfeln zurück, übergibt sie Ben und Harald, der sofort ihre Brustwarzen damit umspielt. Ben lässt seine Eiswürfel über ihren Venushügel wandern. Elena erschaudert, merkt, wie ihre Nippel von der Kälte taub werden. Wo ist Tobias? Er ist ihrem Blickfeld entschwunden, plötzlich steht er aber über ihr und hat eine der Stumpenkerzen in der Hand.

»Nein!«, stößt Elena angstvoll hervor.

Statt einer Antwort lässt Tobias das heiße Wachs auf ihre Brüste tropfen. Elena bäumt sich mit einem kurzen Schrei auf, wird aber von Harald und Ben wieder nach unten gedrückt.

»Halt still!«, befiehlt Tobias und lässt nun erst Wachs auf ihre Nippel, dann auf ihren Venushügel tropfen. Diese Mischung aus der Hitze des Wachses und der Kälte der Eiswürfel erzeugt ein unbeschreibliches Gefühl auf ihrer Haut. Die Hitze schmerzt, die Kälte schmerzt, aber beide zusammen ergeben eine nie gekannte Mischung. Elena windet sich unter der Kälte der Eiswürfel, die über ihren Körper wandern. Sie zuckt zusammen, wenn das heiße Wachs sie trifft, während sie damit beschäftigt ist, Harald und Ben zu verwöhnen, die bereits steinhart sind und unter ihren Berührungen aufstöhnen. Schließlich haben die Männer von diesem Spiel genug und Tobias sagt:

»Dreh dich um, Elena, auf alle viere.« Gehorsam und neugierig folgt Elena dieser Anweisung und Harald kniet sich vor sie hin, sodass sie seinen Schwanz in den Mund nehmen kann.

»Spreiz die Beine«, sagt Ben und sie hofft, dass sie sich nun endlich ihrer Grotte zuwenden werden, denn der Saft läuft ihr bereits über die Schenkel herunter. Aber was ist das? Jemand teilt ihre Pobacken und beginnt, ihre Rosette sanft zu massieren. Nein! Das will sie nicht! Elena versucht, auszuweichen, möchte etwas sagen. Doch Harald stopft ihr sofort wieder den Mund.

»Halt still!« Sie versucht es, aber es ist ihr unangenehm. Der Druck auf ihre Rosette erhöht sich, etwas, jemand versucht, einzudringen. Wieder will Elena ausweichen, was ihr einen harten Schlag auf den Po einbringt.

»Du sollst stillhalten.«

Es fällt ihr schwer, sehr schwer, aber sie versucht es. Da wird Gleitgel auf ihre Rosette aufgetragen. Elena bekommt Panik, denn gleich darauf dringt tatsächlich ein Finger in ihren After ein.

»Entspann dich«, sagt Tobias. Ja, wenn das so leicht wäre. Doch erstaunt stellt Elena fest, dass dieser Finger zwar ein unangenehmes Gefühl in ihr auslöst, jedoch nicht wehtut. Wer auch immer es ist, jedenfalls gleitet er nun langsam und vorsichtig hinein und hinaus. Elena ist so darauf konzentriert, dass sie vergisst, Harald zu blasen. Dem scheint das gleichgültig, Hauptsache, sie hat ihren Mund offen, den er nun fickt, nicht tief, aber schnell und laut keuchend.

Zu dem einen Finger gesellt sich nun ein zweiter und auch das tut nicht weh, sie gewöhnt sich an das Hinein- und Hinausgleiten und hält still. Der Mann massiert und dehnt sie, langsam, aber zielstrebig. Und dann bekommt sie völlige Panik, denn die Finger verschwinden und sie fühlt ganz eindeutig einen Schwanz an ihrem Hintereingang. Nein! Jetzt wehrt sie sich wirklich, dreht den Kopf zur Seite, sodass Haralds nächster Stoß ins Leere geht.

»Nein, bitte nicht!«

»Es wird dir gefallen, entspann dich, Süße.« Das ist Ben. Ist er es, der sie da von hinten ficken will? Egal, es soll gar keiner tun. Doch sie hat keine Chance. Sie halten sie fest, ein Steifer drückt gegen ihre dunkle Pforte. Es tut weh, sie schreit, sieht ein, dass sie sich wirklich entspannen muss. Noch mehr Gleitgel und dann, tatsächlich, hat sie einen Schwanz im Arsch, es tut wirklich nicht weh. Der Mann hält still und wartet, bis sie sich an das neue Gefühl gewöhnt hat. Erst dann beginnt er, sie zu vögeln, behutsam, aber doch mit Kraft. Und, oh, es ist gut, es gefällt ihr! Das hatte sie nicht erwartet und bereitwillig reckt sie ihren Arsch in die Luft, was ihren Stecher zu einer schnelleren Gangart antreibt. Elena drängt Harald aus ihrem Mund und lässt den Oberkörper zu Boden sinken, gibt sich ihrem ersten Arschfick zur Gänze hin.

Eine Hand streicht über ihren Bauch, in Richtung ihrer Möse. Endlich, denkt Elena. Ein Finger sucht nach ihrem Lustknopf, findet ihn, reibt, die ganze Hand folgt nach und bearbeitet nun ihren Vordereingang. Genau das hat noch gefehlt, damit Elena völlig abgeht. Es ist ihr gar nicht bewusst, wie sie mit ihrem Becken kreist, hört ihre eigenen Lustschreie nicht. Es ist gut, es ist köstlich. Der Mann hinter ihr erhöht seine Gangart noch, man hört das Klatschen, wenn er gegen ihre Arschbacken stößt. Dann zieht er sich mit einem Ruck zurück und sie heult auf, verdammt noch mal, wie sie diese Unterbrechungen hasst!

Jemand legt sich neben sie auf den Rücken, es ist Ben und Tobias flüstert in ihr Ohr: »Setz dich auf ihn, mit dem Rücken zu seinem Gesicht.« Kontrollblick. Ja, Ben hat ein Kondom übergezogen, ebenso Tobias. Als Elena sich nun auf Ben setzen will, drückt er sein Glied an ihre Rosette und spießt sie langsam auf, Elena bestimmt das Tempo und sie lässt sich sehr, sehr langsam nieder. Tobias drückt ihren Oberkörper weit nach hinten, es ist eine unbequeme Haltung, was Elena aber sofort vergisst, denn nun dringt Tobias in ihre Fotze ein. Sie ist doppelt ausgefüllt, wie herrlich, immer hat sie davon geräumt. Ben hebt sie etwas an und beginnt den Reigen, fickt sie in den Arsch, Tobias von vorne. Sie weiß gar nicht, wie ihr geschieht, geht mit, reitet Ben. Harald steht neben ihnen und wichst.

»Steck ihn ihr in den Mund«, ruft Ben, was Harald auch sofort tut. Alle drei Löcher ausgefüllt, von drei Männern begehrt und gevögelt bis in den Himmel. Sie lässt es zu, lässt alles mit sich geschehen, gibt sich zur Gänze hin. Sie keucht, kann nicht mehr sagen, welcher der Schwänze ihr die meisten Wonnen beschert. Ihr zarter Körper wird auf und nieder geschleudert, Hände an ihren Titten, Haralds Hände. Sie nimmt einen wilden Ritt, ihre Schreie und ihr Stöhnen, ihr Genuss peitscht die Männer zu immer schnellerem Tempo an. Sie sieht Tobias' verzerrtes Gesicht, er ist kurz davor, zu kommen. Sie schleudert ihm ihr Becken so heftig entgegen, dass Ben beinahe aus ihr herausrutscht und sie mit beiden Händen wieder zurückzieht. Doch Elena ist nicht mehr zu halten, erneut drängt sie sich Tobias entgegen und da spritzt er mit einem lauten Schrei ab. Er brüllt wie ein Stier, stößt noch mehrmals zu, dann zieht er sich zurück, damit Ben weitermachen kann. Der stößt Elena so heftig in den Arsch, dass sie beinahe von ihm herunterfällt und Haralds Schwanz nicht mehr blasen kann. Er stößt, schreit, stößt noch einmal, dann kommt auch er mit heftigen Zuckungen. Jetzt aber ist Harald dran, wieder dringt er in Elenas Mundfotze ein und stößt schnell und tief in sie hinein, so tief, dass sie würgen muss. Sie packt seine Hoden, massiert sie und das gibt ihm den Rest. Auch Harald hört die Engel singen. Kurz hat Elena ein Gefühl der Leere, alle drei sind gekommen, nur sie nicht. Doch Tobias hat wieder den Platz zwischen ihren Beinen eingekommen und schiebt seine Hand langsam in ihre Möse.

»Oh ja, ja! Bitte, ja!«, keucht Elena, sie will wieder gefistet werden. Sie sinkt zurück, wird von Ben aufgefangen, der ihre Titten massiert, während Tobias immer tiefer mit seiner Hand in sie vordringt. Kurz wieder der schmerzhafte Moment, bevor seine Hand ganz in ihr verschwindet und er macht es noch weitaus besser, als Toni es ihr besorgt hat. Seine Hand dreht sich bei jedem Eindringen in ihre triefende Spalte, Elena japst nach Luft, es ist der Wahnsinn.

»Schneller!«, schreit sie und er fickt sie schneller. Sie kann zusehen, wie seine Hand verschwindet und wieder aus ihr herauskommt, das ist ein zusätzlicher Kick. Sie zuckt und windet sich, bäumt sich auf und dann übermannt sie ein so heftiger Höhepunkt, dass sie meint, ihr Bewusstsein zu verlieren.

Tobias wartet, bis ihre Spasmen sich gelegt haben, dann zieht er seine Hand zurück. Die Männer betten sie behutsam auf Kissen, streicheln sie. Es ist ein großes

Knäuel von Armen und Beinen, die sich langsam wie zu einer unhörbaren Musik bewegen.

Es dauert eine Weile, bis sich alle gefangen haben. Ben ist der erste: »Wahnsinn, ist die Frau geil!« Elena lacht. Sie fühlt sich mächtig durchgerüttelt, aber fantastisch.

»War das dein erster Arschfick?«, fragt Tobias.

»Ja. Wer von euch war es eigentlich?«

Er lacht. »Das würdest du wohl gerne wissen?«

»Oh ja!«

»Ich war es, mein Schatz.« Das ist gut, sie hatte gehofft, dass es Tobias war, bevor Ben dann seine Stelle eingenommen hat.

Nachdem sich alle beruhigt haben, stärken sie sich, trinken, reden leise. Nur Harald hat anderes im Sinn. Er schiebt Tobias und Ben zur Seite, sodass er den Platz zwischen Elenas Beinen einnehmen kann. Er beugt sich vor und beginnt, sie zu lecken. Er ist ein Könner, seine Zunge umkreist ihre Perle, dann stülpt er seine Lippen über sie und saugt sie in seinen Mund ein, umspielt sie dabei aber weiter mit seiner geschickten Zunge. Elena ist noch so gereizt und erregt, dass sie schnell einen weiteren Orgasmus nahen fühlt. Er leckt sie, knabbert an ihren Schamlippen, nimmt nun auch noch einen Finger dazu und gibt es ihr. Sie zuckt schon wieder, spürt es kommen. Sie hört nicht das Rascheln der Kondomverpackung. Das nächste, was sie spürt, ist Haralds Zapfen, kurz und sehr dick mit langen, festen

Stößen. Er stöhnt nicht, es hört sich eher an wie ein Knurren und wieder kommt Harald. Er heult dabei laut auf und bricht über Elena zusammen. Gleich darauf ist er aber mit seinem Mund wieder an ihrer Muschi und leckt und saugt erneut, so lange, bis ein zweiter Orgasmus Elena beutelt und schüttelt. Erst dann lässt er von ihr ab.

Elena ist glücklich. Ihr Vierer war weitaus besser, als sie es erwartet hatte und es ist ein unglaubliches Gefühl, so viele Hände auf ihrem Körper zu fühlen, nicht mehr zu wissen, wer was mit ihr macht. Sie hatte völlig die Kontrolle über sich verloren, ja, sie wurde sogar wundervoll in ihren Arsch gefickt, ein überraschendes Gefühl und ihr Loch fühlt sich gedehnt an und etwas geschunden. Aber so gut!

Sie liegt neben Tobias, der sie fest im Arm hält.

Harald lächelt. »Da hast du eine ganz besondere Frau erwischt, mein Freund, gratuliere. Elena, du bist wundervoll.«

»Ach, Harald …«

»Ich meine, was ich sage. Ich habe nur wenige Frauen erlebt, die sich so hingeben können.«

Tobias drückt sie fester an sich und flüstert in ihr Ohr: »Er hat recht. Ich bin süchtig nach dir.«

Elena lächelt selig. Sie fühlt sich wohl. Und frei.

Den Resten der kalten Platte wird eifrig zugesprochen, sie stoßen mit Haralds Champagner auf Elenas Wohl an. Immer wieder wandern Hände über ihren

Körper, wird sie liebkost, gefingert. Die anderen sehen immer zu, wenn sich einer Elena vornimmt und wichsen dabei ihre Schwänze. Schließlich ist bei allen die Erregung wieder so weit angestiegen, dass sie mehr wollen. Nun vögelt einer nach dem anderen Elena in ihre nimmersatte Möse. Es ist ein interessantes Gefühl, kurz hintereinander drei verschiedene Männer in sich zu haben. Sie ist erregt, aber meint nicht, heute noch einmal kommen zu können. Sie geben ihr noch mehr Champagner, sie fühlt sich berauscht und glücklich. Ohne Scham beginnt sie, es sich vor den Männern selbst zu besorgen. Mit den Fingern umkreist sie ihren geschwollenen Kitzler. Er ist so empfindlich, sie erträgt es nicht, ihn direkt zu berühren. Ihr Becken beginnt, zu kreisen und sofort sind drei Paar Hände auf ihr, helfen ihr, begleiten sie, während sie sich reibt, masturbiert. Ihr Loch ist noch so gedehnt, dass ihre Finger nicht ausreichen, die nötige Reibung herzustellen, darum wendet sie sich wieder ihrer Klitoris zu. Und dann muss sie nur mit dem Finger zwei-, dreimal darüber reiben und erneut kommen die Wellen, die sie mitreißen, fortspülen. Sie kommt, sanft, aber gut, aufgefangen von drei Männern, die sich an sie schmiegen.

Den Rest des Abends verbringen sie plaudernd und lachend. Ben schlägt »Flaschendrehen« vor, ein Spiel, das sie alle aus ihrer Teenagerzeit kennen und das stets eine gute Gelegenheit war, den einen oder anderen Kuss zu erhaschen. Sie albern herum, amüsieren sich.

Erst um 23 Uhr ist Schluss. Tobias muss nach Hause. Die Männer ziehen sich an und jeder verabschiedet sich von Elena mit einem langen Kuss.

»Kann ich morgen wiederkommen?«, fragt Tobias und Elena nickt. Dann sind sie fort und Elena spürt eine seltsame Leere in sich. Sieht sich um, der Raum ist ein Schlachtfeld und sie macht sich daran, die Spuren ihrer Orgie zu beseitigen. Aber es erscheint ihr nicht als Arbeit. Beinahe zärtlich legt sie die Decken zusammen, bringt die Kissen zurück in ihr Schlafzimmer, wäscht Geschirr ab. Nach einer halben Stunde ist alles wieder sauber, so als hätte nie etwas in diesen Räumen stattgefunden. Elena legt noch einmal Holz in den Ofen und setzt sich davor, lässt mit ihrem Tagebuch in der Hand den Abend noch einmal Revue passieren. Sie will jeden Augenblick festhalten, schreibt alles nieder. Es ist schon zwei Uhr, als Elena endlich Schlaf findet.

13.

Der nächste Morgen ist ein guter Morgen. Elena hat, nein, Tobias hat ihr eine ihrer drängendsten Fantasien erfüllt. Seit Jahren träumte sie davon, Sex mit drei Männern zu haben. Nicht zwei. Das ist leicht. Aber drei Männer zu befriedigen, das muss eine Frau erst mal können. Sie muss es erlebt haben. Und nun ist es geschehen und es war fabelhaft. Sie fühlt sich so fraulich wie noch nie zuvor. Doch heute will sie es ruhig angehen, wenn Tobias kommt. Einmal wieder nur mit ihm alleine. Einfach so. Zwei Körper, die die schönste Nebensache der Welt miteinander tun.

Doch bis dahin muss sie etwas erledigen, das ihr auf der Seele liegt. Sie muss eine Wohnung finden. Seufzend beugt sie sich über die Inseratsseite der aktuellen Tageszeitung. Wenn nur diese Maklergebühren nicht wären! Es ist alles so teuer, viel zu teuer für eine kleine selbstständige Maskenbildnerin. Es ist auch wirklich nichts dabei. Die Mietpreise sind seit Jahren gestiegen, man findet kaum noch etwas Preiswertes. Allerdings … wenn man es streng nimmt, hatte sie damals die Wohnung gefunden, in der sie mit Reinhard lebte. Und sie mag diese Wohnung sehr gerne. Für zwei Personen ist sie eigentlich zu klein, aber für eine durchaus bequem. Und die Miete ist auch erschwinglich. Manchmal muss man einen Mutausbruch haben, deshalb ruft sie Reinhard an.

»Elena?«

»Ja. Du, hör mal, es geht um die Wohnung. Ich würde da gerne wohnen bleiben - ich meine, du verdienst mehr als ich und ich habe mir gerade die Wohnungsinserate angesehen - für mich ist das alles völlig unerschwinglich.«

»Du willst, dass ich ausziehe?«

»Na ja, einer von uns muss gehen, oder?«

»Ja.« Schweigen. Hat er sich gedacht, er kann da einfach bleiben, ohne dass sie ein Wort darüber verliert? Der Mann ist wirklich bequem.

»Reinhard?«

»Ja. Ich denke nach.«

»Dann ruf mich zurück, wenn du damit fertig bist.« Sie hat keine Lust, ihm beim Denken zuzuhören. Reinhard ist in praktischen Dingen leider sehr schwerfällig. Aber für Elena wäre das die optimale Lösung, auch wenn er nicht begeistert ist. Sie muss ihn einfach breitschlagen, auf dem freien Wohnungsmarkt hat sie keine Chance und hier im Atelier kann sie nicht bleiben, das ist klar. Also muss sie warten, wie Reinhard über die Sache denkt und das kann, wie gesagt, dauern. Doch die Angelegenheit will ihr nicht aus dem Kopf gehen und so trifft Tobias sie bei seinem Erscheinen sehr nachdenklich an. Als sie ihm erzählt, worum es geht, bietet er ihr sofort seine Hilfe an. Aber das findet Elena gar nicht gut, das würde ihr Verhältnis belasten. Sie würde sich in seiner Schuld stehend, sich verpflichtet fühlen und das wäre belastend. Und wer kann jetzt schon sagen, wie lange eine Affäre dauern wird, die nur auf Sex aufgebaut ist? Abgesehen davon, will sie keine Schulden machen.

»Du bist sehr lieb, Tobias, aber nein danke. Ich werde eine Lösung finden. Wenn ich Glück habe, hat Reinhard ein Einsehen und zieht aus. Und jetzt lass uns nicht mehr davon sprechen.« Sie schlingt die Arme um ihn und verschließt seinen protestierenden Mund mit einem tiefen, heißen Kuss. Tobias ist leicht abzulenken und schon wandern seine starken Hände sanft über ihren Rücken, massieren ihren Po.

»Wirst du heute überhaupt genug mit einem Mann haben?«

Elena muss herzhaft lachen.

»Ach, Tobias, ich wollte einmal diese Fantasie ausleben, ich will nicht ständig mit drei Männern Sex.«

»Möchtest du es noch einmal tun?«

»Das weiß ich jetzt noch nicht. Weißt du, was jetzt auf dich wartet?«

»Was?«

»Mein Bett. Wir hatten noch nie in einem Bett zusammen Sex. Komm mit.« Elena führt ihn in das Schlafzimmer und schubst ihn auf das Schlafsofa.

»Komm zu mir.« Nur zu gerne lässt sie sich neben ihn auf das Bett fallen. Sie liegt auf dem Rücken und er beugt sich über sie.

»So ein kleines Bett ist auch nicht schlecht.«

»Sage ich doch.«

Er beginnt, ihr Gesicht mit Küssen zu bedecken, den Hals entlang, atmet ihren Duft ein. Sie drückt seinen Kopf nach unten, er versteht und beschäftigt sich nun eingehend mit der zarten Haut am Rande ihres Slips. Er küsst und streichelt sie, fährt mit den Fingern unter den Rand des dünnen Stoffes, aber nie so weit, wie Elena es gerne hätte.

»Schuft«, flüstert sie lächelnd. Daraufhin zwickt er sie leicht, sie quiekt und zappelt, hält dann aber wieder still in der Hoffnung, er möge sich endlich ihrer Möse zuwenden, in der es schon wieder höllisch heiß und tropisch feucht ist. Als er keine Anstalten macht, ihr diesen Wunsch zu erfüllen, packt sie seinen Kopf und bringt ihn in die gewünschte Position. Jetzt muss Tobias lachen.

»Du weißt, was du willst.«

»Stört dich das?«

»Im Gegenteil.« Endlich zieht er den Slip über ihre Hüften und bahnt sich seinen Weg zu ihrem magischen Dreieck. Seine Zunge leckt leicht über ihre äußeren Schamlippen. Er teilt sie geschickt und wendet sich nun den inneren Labien zu, zeichnet sie mit dem Finger nach, zupft und zieht an ihnen. Nie so, dass es wehtut, aber doch so stark, dass es Elena weiter erregt. Nun hat seine Zunge ihren Lustknopf gefunden, er umkreist ihn, nimmt ihn dann zwischen seine Zähne, beißt ganz zart und zieht ihn mit den Zähnen in die Länge. Was für ein Gefühl! Seufzend wühlt Elena in seinem dichten Haar, drückt seinen Kopf gegen ihre Scham, woraufhin er sich an ihrer Klitoris festsaugt, als wollte er sie nie wieder hergeben. Mit Fingern und Zunge erkundet er den Eingang zu ihrem heißen Nass, leckt, streichelt sie in immer größere Sehnsucht, um sie endlich ganz auszufüllen, in sie einzudringen, sie zu besitzen. Er versteht dieses Spiel mit ihrer Lust, weiß instinktiv, wo ihre empfindlichen Punkte sind und versteht es, ihre Leidenschaft immer mehr zu entfachen.

»Bitte«, flüstert sie. Und endlich erhört er sie und dringt mit Fingern und Zunge gleichzeitig in sie ein, wobei seine Zunge zärtlich umherfährt, seine Finger hart und fordernd sind. Diese Mischung liebt Elena und bereitwillig spreizt sie ihre Beine so weit wie möglich, damit er gut alles erreichen kann.

»Du schmeckst so gut.« Und um noch mehr von ihrem Geschmack zu erhaschen, schiebt er seine Zunge so weit wie möglich in sie, erfühlt ihr Fleisch, will es besitzen, gleitet an ihrem Körper hoch, öffnet mit einer Hand seine Jeans. Sie tastet nach einem Kondom und stülpt es ihm über und ohne weitere Vorwarnung stößt er in sie. Ihre Finger verkrallen sich ineinander.

»Gott, fühlst du dich gut an, du machst mich wahnsinnig«, keucht er in ihr Ohr. Elena kann nicht antworten, sie ist ganz Genuss. Diesmal fickt er sie nicht heiß und wild, sondern quälend langsam und tief, bis zum Anschlag. Sie hat das Gefühl, trotz des Gummis die Einzelheiten seines Gliedes zu erspüren, seine Adern, seine Hitze. Auch diese sanftere Gangart ist neu für sie, so intensiv. Er ist ihr so nah wie noch nie zuvor. Sie hätte gerne, dass er schneller zustößt und gleichzeitig ist sie so ganz Gefühl, liebt sie dieses sanfte Gleiten. Sie möchte sich ganz ihm überlassen, soll er mit ihr machen, was er will. Und das tut er auch. Als sein Atem schneller wird, verlässt er diese feuchte Höhle und hebt ihre Beine an, um sich Zugang zu ihrem Arsch zu verschaffen. Automatisch verkrampft sich Elena, erinnert sich dann aber an die Freuden, die er ihr in der Nacht zuvor beschert hat und entspannt sich wieder. Sachte drückt sein Schwanz gegen ihre Rosette, er erhöht den Druck, wartet, schiebt sich näher an sie heran, wartet wieder und dann, Millimeter für Millimeter dringt er in sie ein. Zwar ist der Druck gewaltig und ihre Muskeln wehren sich gegen diesen heißen Eindringling, aber es geht leichter, als Elena es befürchtet hatte. Als er ganz in ihr ist, verharrt er und wartet, bis sie sich zu bewegen beginnt. Diese Art des Aktes hat für Elena etwas Animalisches. Er ergreift noch mehr Besitz von ihr, wenn er sie auf diese Art und Weise nimmt. Es geht noch tiefer in ihre Seele als ein normaler Fick und sie fühlt sich dabei nicht nur ganz ausgefüllt, sondern von ihm beherrscht und das mag sie. Mit leichten Stößen arbeitet er sich immer weiter vor, dehnt sie. Ihr Stöhnen wird tiefer, kehliger. So ausgeliefert kann sie nichts anderes tun, als sich nehmen zu lassen, sich hinzugeben. Er hebt ihren Arsch an, um noch weiter eindringen zu können. Jetzt tut es etwas weh, aber nur kurz und der Schmerz steigert, wie immer, ihre Lust.

»Fester?«, fragt er.

»Fester.«

Er beschleunigt sein Tempo, liebt diese Enge, liebt es, sie so unter sich zu sehen, so ausgeliefert. Sie gehört ihm, er ist der Herr über ihre Lust und gleichzeitig ihr Sklave, denn welch ein Genuss ist ihre Hingabe, welch ein Glück beschert sie ihm damit. Er wird immer erregter, versucht jedoch noch, sich zurückzuhalten, um ihr nicht wehzutun. Als sie wieder aufstöhnt und beginnt, selbst ihre Brüste zu streicheln, zu massieren, ist es um seine Selbstbeherrschung geschehen. Keuchend stößt er schneller und härter zu, hört ihren wimmernden Singsang, diese Mischung aus Leid und Lust, die ihn so scharf macht, kennt keine Beherrschung mehr und nagelt sie mit seinem Schwanz immer fester an das Bett. Er schiebt ihre Arme fort, er möchte selbst diese wunderbaren, festen Titten in seinen Händen halten. Elena lässt es geschehen, aber sie will auch kommen und wenn er in ihrem Arsch ist, muss sie mit den Händen an ihrem Kitzler nachhelfen. Sie reibt und kneift, tut sich selbst weh, will es so, genau so! Er stützt sich mit seinem ganzen Gewicht auf sie und sie fühlt sich sicher und geborgen und begehrt, heiß wie die Hölle und wird geiler und geiler. Sie reibt schneller, rubbelt wie besessen mit ihren Fingern, hebt ihren Kopf, damit sie zusehen kann - was für ein erregender Anblick. An seinem Atem hört sie, dass er kurz davor ist, zu kommen und sieht ihm in die Augen. Während ihre Blicke verschmelzen, werden auch ihre Körper eins, finden sich im selben Rhythmus und Tempo, peitschen sich voran, fliegen, versinken in einem Meer der Leidenschaft - und explodieren schließlich gleichzeitig, krallen sich ineinander, saugen einander auf, treiben sich an … und gehen unter im selben Ozean der Lust.

Nachher liegt er schwer atmend neben ihr, einen Arm um Elenas Taille geschlungen, ihr Kopf ruht an seiner Schulter.

»Danke«, sagt er leise. »Danke, dass es dich gibt.«

Zum ersten Mal streift Elena der Gedanke: *Hoffentlich verliebt er sich nicht in mich. Denn ich werde mich nicht in ihn verlieben. Ich will keine leidvolle Beziehung als Dritte im Bunde. Denn seine Frau wird er nicht verlassen, das tun sie nie.* Sie überlegt, ob sie ihre Gedanken laut aussprechen soll, doch der Moment ist zu schön, sie fühlt sich ihm so nah, merkt auch, wie offen er jetzt ist und möchte ihn nicht zurückstoßen, nicht verletzen. Doch wieder einmal ist es, als hätte Tobias ihre Gedanken gelesen, denn er sagt: »Ich muss aufpassen, dass ich mich nicht in dich verliebe. Solange wir einander nur mögen, ist alles gut. Aber sobald sich einer verliebt, entsteht ein Ungleichgewicht.«

»Ich weiß. Nein, wir dürfen uns nicht verlieben.«

»Kann man sich das verbieten?«

Elena denkt nach. Nein, man kann es sich nicht verbieten. Aber beim ersten Anzeichen wird sie verschwinden. Sie sagt es nicht laut. Sie weiß, dass das dann die einzige Konsequenz sein kann - sonst gibt es nur Verlierer. Das kennt man ja. Denn wer hat nicht eine Freundin, die eine Affäre mit einem verheirateten Mann hat und schwört, dass dieser Mann anders ist als die anderen Ehemänner, die ihre Frauen betrügen? Er würde es ernst meinen, zu Hause liefe ja schon seit Jahren nichts mehr und so weiter. Und dann kommen die Tränen, weil er sich nicht trennen will und immer neue Gründe vorschiebt, warum es nicht sein kann:

die Kinder, das gemeinsame Haus, die Ehefrau würde es nicht verkraften. Man muss sehr stark sein, um eine Geliebt zu sein und nicht unglücklich zu werden. Elena kennt sich selbst gut - sie wäre unglücklich. Und da ist auch noch ein anderer Gedanke: Wenn er seine Frau mit ihr betrügt, wer kann ihr garantieren, dass er nicht auch sie eines Tages betrügen wird? Nein, eine Liebe zwischen ihnen darf nicht sein. Aber das, was sie jetzt miteinander teilen, das ist doch auch sehr schön. Elena kuschelt sich an Tobias, genießt seine Wärme, seinen Geruch, seine Nähe. Ja, so ist es schön.

14.

Elena ist seit Tagen nicht mehr im erotischen Forum gewesen. Warum auch? Sie hat alles, was sie braucht. Doch sie ist neugierig und steigt ein. In ihrem Posteingang befinden sich siebzehn Nachrichten, die meisten sind belanglos, sie hat keine Lust, zu antworten. Da poppt eine neue PN auf.

»Ich und meine Frau suchen eine Bisklavin, je tabuloser, versauter und masochistischer, umso besser. Du als Bifreundin für meine Frau, für ein späteres gemeinsames Wohnen, wir bieten geilstes SM-Leben.

Würde dich das interessieren?«

Elena denkt tatsächlich einen Augenblick darüber nach. Nicht etwa, weil sie das Angebot interessiert, aber SM … Ist sie eine Masochistin? Entschieden schüttelt sie den Kopf. Ihr geht es um Lustschmerz, der macht sie geil. Schmerzen selbst kann sie nach wie vor nicht ausstehen, auch wenn sie zugeben muss, dass sie diese bis zu einem gewissen Grad sehr erregen, obwohl sie das nicht will. Oder möchte sie es einfach nicht wahrhaben, dass sie nicht nur gerne devot ist, sondern eben auch maso? Da kommt erneut eine Nachricht herein, bestimmt hat der Mann gesehen, dass sie online ist.

»Welche sexuellen Vorlieben und Träume hast du im BDSM-Bereich?«

Also antwortet Elena:

»Alle meine Träume wurden bisher erfüllt, ich bin wunschlos glücklich.«

Das scheint den Mann nicht weiter zu interessieren, denn schon kommen die nächsten Fragen:

»Woher aus Österreich kommst du?

Bitte beantworte die beiden Fragen.

Und kannst du dir vorstellen, mit einem D/S-Pärchen etwas zu starten?

Hast du Berührungsängste vor dem eigenen Geschlecht?«

Berührungsängste mit dem eigenen Geschlecht … er stellt eine Frage, die Elena auch interessiert. Ängste hat sie keine, es gibt auch Frauen, die sie sehr erotisch findet, doch Lust auf Sex mit ihnen hatte sie noch nie:

»Weiß ich nicht, habe ich keine Erfahrung.«

»Aber du könntest es dir vorstellen?«

»Nein, mir ist ein Mann lieber.«

»Den hast du ja bei einem Pärchen dabei.«

Elena lacht. Eine schier unbezwingbare Logik. Offenbar ist der Mann froh, dass überhaupt mal jemand antwortet, denn er schießt noch etwas nach:

»Dies sind meine Vorlieben: Ich fessle gerne, auch kopfüber, Vorführungen, Gangbang, Ausbildung zum Ponygirl, Kliniksex und Windel (NS vorab auf den Körper, KV vorab blasen nach dem Arschfick), Nadel, Fick- und Melkmaschine, Paddel, Gerte, Rohrstock, Nackthaltung, viel Leder und viel Latex, Verlies, Käfig, Strom, Leder etc. Außerdem habe ich sehr hohe Anforderungen.

Keine Angst, ich bin kein Sadist oder Brutalo.«

Nein, natürlich nicht! Was ist er aber dann? Elena ekelt es … Natursekt, Kaviar … Nun, jeder, wie er mag und wenn das jemandem Spaß macht und aufgeilt, bitte. Aber ihr graut schon bei der bloßen Vorstellung. Kliniksex … na ja, schon ein erregender Gedanke, auf einem Gynäkologenstuhl zu liegen und eingehend »untersucht« zu werden, dachte sie sich manchmal bei ihrem Frauenarzt. Das ist aber auch das Einzige - Nadeln, Melkmaschine, Ponygirl … Definitiv: Nein.

»Das überfordert mich schon beim Lesen, ich denke nicht, dass ich das bin, was ihr sucht.«

»Nun, Anfängerinnen sind willkommen, warum sollte es dich überfordern?«

»Das ist alles nicht meins.«

»Hm, es wäre für mich kein Problem, wenn du es noch nie gemacht hast. Angst brauchst du nicht haben.

Ich würde grundsätzlich deine Bereitschaft zu allem

abwarten, aber wenn du es nicht einmal versuchen willst, ist es ziemlich ausweglos.«

Diesmal ist Elena zur Gänze seiner Meinung. Aber er scheint nicht aufgeben zu wollen:

»Du bekommst alle Zeit der Welt.

Wie schwer bist du, wie alt und wie groß?

Welchen Job und welche Ausbildung hast du?«

»Das möchte ich nicht beantworten.«

»Aber schöne große Titten und schönen Arsch, oder?

Wie stehst du zur dauerhaften Haarentfernung, kein lästiges Rasieren mehr?«

Es wird immer bunter, soweit noch möglich. Aber auch interessant.

»Das geht?«

»Ja. Wie stehst du zu Tattoos?«

»Nein danke.«

»Schade, gerade das muss sein.«

»Warum muss das sein?«

Darauf bekommt sie keine Antwort. Aber dafür eine lange Liste:

»Das sind meine Wünsche: dauerhafte Haarentfernung vom ganzen Körper und Kopf, permanente Glatze (Perücke aus Eigenhaar wäre erlaubt), Nasenring herausnehmbar, viele Piercings (dicke, große Ringe), mehrere große Tattoos, Intimtattoos (Fotze inkl. Klitoris, Arsch inkl. Arschloch, Titten inkl. Nippel), Sklavenvertrag und bei Bedarf operative Figurmodellierung (großer Knackarsch, engste Taille, große Titten, große Klitoris, große Nippel - es wird Fett aus

dem Hüftbereich abgesaugt und in die Titten eingespritzt, große Klitoris und große Nippel erreichen wir durch die Melkmaschine), Umsetzung Schritt für Schritt.«

Elena zieht scharf die Luft ein und lehnt sich zurück. Die Lehne des Stuhls gibt ihr Halt. Das ist ja absolut entsetzlich! Sie ist immer schon der Ansicht gewesen, dass Sexualität ein weites Feld ist. Und solange es allen Beteiligten Spaß macht und keiner zu etwas gezwungen wird, nun, dann ist es … in Ordnung. In Ordnung? Wo liegt die Grenze zwischen Sex und Perversion? Kann man da überhaupt eine Grenze ziehen? Wenn diesem Mann das gefällt und Spaß macht und seiner Frau auch, dann ist es ja okay.

»Nein danke. Eine Frage: Hast du ein Tattoo oder ein Piercing?«

»Nein, das gefällt mir nicht an mir.

Schade, dass du kein Interesse hast.

Ich denke, du solltest es versuchen.

Die Umsetzung dauert drei Jahre.

Wir vereinbaren ein unverbindliches Treffen, trinken Kaffee und schauen, ob Sympathie und Chemie passen, wenn ja, dann fahren wir in ein Hotel und machen eine kleine Session, passt das auch, dann Beginn der Probezeit.

Die Probezeit kann ruhig sechs bis zwölf Monate dauern, bis wir wissen, ob alles passt.«

Der Mann scheint ein »Nein« nicht zu verstehen.

»Ich bleibe bei meinem Entschluss.«

»Ja, ich weiß, dass du bei deinem Entschluss bleibst,

dennoch würde ich die Probezeit mal absolvieren, in der Probezeit machen wir nichts, was du nicht willst.«

Wie außerordentlich beruhigend. Und danach?

»Danke, aber nein danke.«

»Alles klar, ich wünsch dir viel Glück.«

Hm. Elena ist nachdenklich. Ist sie nun eine Masochistin oder nicht - der Gedanke geht ihr nicht aus dem Kopf. Was der Mann geschrieben hat, hat sie abgestoßen, das kann sie sich alles niemals für sich vorstellen. Aber wie weit ist der Weg von den Schmerzen und Erniedrigungen, die sie mag, bis zu dem, was er mag? Und wächst man da hinein? Braucht man irgendwann immer größere, stärkere Reize? Es hat sie nicht einmal erregt, was er ihr da alles erzählt hat. Das beruhigt sie. Irgendwie hat sie das Gefühl, dass das ein Abgrund ist, in den sie nicht hineinfallen möchte - auch wenn er es bestimmt nicht so sieht. *Na, viel Glück, guter Mann.*

Das Klingeln des Telefons reißt sie aus ihren Gedanken. Reinhard. »Ich habe nachgedacht. Wegen der Wohnung.«

Oh, das ging aber diesmal schnell. Elena spürt Nervosität in sich aufsteigen.

»Und?«

»Na ja, wirklich gefallen hat sie mir ohnehin nie, außerdem ist sie mir zu klein. Wenn ich mir ein Büro zu Hause einrichten will, brauche ich dafür einen Extraraum, sonst kann ich ihn nicht von der Steuer absetzen.«

Er denkt wie immer praktisch.

»Ich möchte aber schon feststellen, dass ich genauso viel Recht auf diese Wohnung habe wie du.«

»Und das bedeutet?«

»Ich werde ausziehen, es kommt meinen Plänen entgegen. Aber etwas Zeit musst du mir schon geben, bis ich etwas gefunden habe.«

Elena jubelt innerlich. Wobei es immer gefährlich ist, Reinhard »Zeit zu geben« - selbst wenn sein momentanes Tempo sie überrascht hat.

»Ja, natürlich.«

»Wo bist du eigentlich?«

»Das möchte ich nicht sagen.«

»Bei einem Mann?«

Das geht ihn überhaupt nichts an. Aber besser, sie verärgert ihn mal nicht, sonst überlegt er es sich vielleicht anders.

»Nein, ich bin bei keinem Mann. So schnell geht das nicht.«

Okay, das war halb gelogen, aber besser so.

»Ich frage nur, weil mich sämtliche Leute danach fragen. Außerdem ist Post für dich gekommen. Soll ich sie dir nachschicken?«

Guter Versuch.

»Nein danke. Wenn es dir recht ist, schaue ich in den nächsten Tagen einmal vorbei und hole sie mir.«

Ende. Jetzt muss sie mit Susanne sprechen, ob sie so lange im Atelier bleiben darf, bis Reinhard eine neue

Bleibe gefunden hat. Sie ruft Susanne an, erzählt ihr alles und bietet an, dass sie für diese Zeit auch Miete bezahlt.

Susanne ist ganz entsetzt über diesen Gedanken: »Süße, du kannst so lange bleiben, wie du willst - und natürlich bezahlst du keine Miete! Mir tut ja schon das Herz weh, wenn ich daran denke, dass du einsam und verlassen im Atelier sitzt.« Äh. Besser ist es, Elena sagt nichts darauf, sie will nicht lügen, aber die Wahrheit zu sagen, wäre auch nicht gut. Denn, das ist Elena durchaus klar, es ist eine Unverschämtheit, was sie hier treibt. Sie schiebt den Gedanken beiseite - ein schlechtes Gewissen möchte sie nicht haben. Man kann nur hoffen, dass nicht irgendwann einer ihrer Männer hier in der Tür steht, wenn Susanne und Paul wieder da sind. Das wäre peinlich. Und recht ist es ihnen bestimmt nicht, was Elena hier veranstaltet. Aber wie wäre es mit der halben Wahrheit?

»Na ja, ich habe einen Mann kennengelernt. Nichts Ernstes, aber er lenkt mich ab.«

Susanne ist begeistert. »Das ist genau das Richtige, da bin ich aber froh! Tu nichts, was ich nicht auch tun würde!« Das ist ein weites Feld, wenn man Susanne kennt.

15.

Abends wandert Elena unruhig durch das Atelier. Sie fühlt sich einsam. Tobias hat den ganzen Tag nichts von sich hören lassen. Daran muss sie sich wohl gewöhnen, wenn sie eine Affäre mit einem verheirateten Mann hat. Zeit für sie zu haben, ist für ihn ein Luxus in seinem angefüllten Leben. Beruf, Ehefrau - und eine Geliebte. Sie hängt in der Warteschleife und das kann Elena nicht ausstehen. Sie kann Tobias nicht einfach anrufen, wenn ihr danach zumute ist. Sie könnte ihm über das Forum schreiben - aber dann muss sie auch warten, bis er online geht. Wieder warten? Nein. Sie überlegt, ob sie sich mit jemandem treffen soll? Eine Freundin vielleicht? Auch nicht. Die würde bestimmt wissen wollen, wie es ihr geht und was sie so treibt. Elena würde sie anlügen und das möchte sie nicht. Vielleicht einen Fremden aus dem Forum treffen? Das wiederum käme ihr unanständig gegenüber Tobias vor. Geht also auch nicht. Sie seufzt. Alle DVDs, die sie mitgenommen hat, hat sie sich schon angesehen. Draußen auf der Straße johlen ein paar Betrunkene, da geht sie besser nicht vor die Tür. Um zu schlafen, ist es zu früh.

»Oh Mann!«, sagt sie laut in die Stille. Da piept ihr Handy und als sie auf die Anzeige blickt, ist da eine SMS von Tobias und sofort ist alles ganz anders, denn wenn sie nichts dagegen hat, würde er sich für den heutigen Abend ansagen. Sie hat absolut nichts dagegen einzuwenden!

Wie ein Wirbelwind fegt sie durch das Atelier, um alles herzurichten.

Sie blickt sich um. Heute früh hat sie frische Blumen

auf den Tisch gestellt, daneben drapiert sie eine Kerze, der Wein wird kühl gestellt. Sie bereitet eine Käseplatte vor, für den Fall, dass sie Hunger bekommen, während sie sich lieben. Jetzt steigt Elena unter die dampfende Dusche, schrubbt ihre Haut weich und cremt ihren Körper danach sorgfältig ein, richtet ihr Haar und legt ein dezentes Make-up auf. Die Frage, was sie anziehen soll, ist auch schnell beantwortet, sie weiß mittlerweile, was ihm gefällt. Sie wählt ein weißes Nichts aus Seide und Spitze und lackiert nur noch ihre Nägel. Fertig. Er kann kommen. Und wie sie sich auf ihn freut, ihre Hände beben vor Ungeduld, ihn in ihre Finger zu bekommen und zu vernaschen. Ping! Eine neue SMS. Wenn er jetzt absagt, bekommt sie die Krise. Doch da steht geschrieben: *»Ich bringe eine Überraschung mit.«* Eine Überraschung? Was kann das sein? Und warum kündigt er es vorher an? Das macht sie nervös. Doch eine Überraschung ist ja etwas Positives. Also gut. Sie geht in die Küche und schenkt sich gerade ein Glas Weißwein ein, als es klopft. Ihr Herz schlägt schneller, sie stellt ihr Weinglas sorgfältig auf dem Küchentisch ab, fährt sich noch einmal mit den Fingern durchs Haar, dann geht sie zur Eingangstür. Ein tiefer Atemzug entflieht ihr, als sie öffnet. Und erstarrt. Ja, es ist Tobias. Aber in Begleitung. Neben ihm steht eine kleine, pummelige Frau, die sie noch nie zuvor gesehen hat und die sie unsicher anlächelt.

»Hallo, mein Engel! Willst du uns nicht hereinbitten?«

»Ja, entschuldige bitte.« Sie tritt einen Schritt zur Seite, wird sich plötzlich bewusst, dass sie so gut wie nichts anhat und schämt sich. Tobias lässt der Fremden den Vortritt, dann tritt er ein, schließt die Tür hinter sich, nimmt Elenas Gesicht zwischen seine Hände und küsst sie. Küsst sie lange, sehr lange. Elena ist das unangenehm vor der Fremden. Doch er hört nicht auf, sie zu küssen, streichelt sanft ihren Hals, seine Hand wandert weiter bis zu ihrer Brust, in ihren Ausschnitt. Elena will sich abwenden, doch hält er sie fest.

Als er endlich von ihr ablässt, sieht Elena zu der Fremden hin - und traut ihren Augen nicht. Die Frau hat ihren Mantel abgelegt, darunter trägt sie einen schwarzen Netzcatsuit. Auch ein Hauch von Nichts. Sexy.

»Das ist Ingrid. Ingrid, das ist meine Elena. Ist sie nicht wundervoll?«

»Das ist sie. Eine Schönheit«, sagt die Fremde und streicht sanft mit der Hand über Elenas Gesicht. Ihr Lächeln ist warm und freundlich, ebenso wie ihre Stimme und Elena entspannt sich. Gleich darauf zieht sich ihr Magen zusammen, denn ihr wird klar, was nun folgen wird: Tobias' Fantasie, mit zwei Frauen Sex zu haben. Und zwei Frauen dabei zuzusehen, wie sie es miteinander treiben, sollte nun wohl Wirklichkeit werden. Warum hat er vorher nichts gesagt? Na ja, er kennt Elena nach der kurzen Zeit schon ein wenig und sie muss zugeben, dass sie abgewehrt hätte. Aus purer

Feigheit. Also ist es schon richtig so. Aber was nun? Wie findet man den Übergang von nettem Geplauder im Vorzimmer zum Bett? Elena hat keine Ahnung und fühlt sich hilflos.

Tobias ist bester Laune. »Setzen wir uns doch.« Er führt die Fremde zu dem Zeichentisch.

Nachdem Elena alle mit Getränken versorgt hat, sitzen sie an dem großen Tisch und Tobias und die andere Frau unterhalten sich angeregt. In Elena aber keimt Eifersucht und sie kommt sich vor wie das berühmte fünfte Rad am Wagen. Woher kennt Tobias diese Frau? Wie lange kennen sie einander? Und läuft da etwas zwischen den beiden? Ohne darauf zu achten, wovon die beiden gerade sprechen, platzt sie heraus: »Wie lange kennt ihr euch schon?«

»Seit einer Stunde.« Tobias lacht. Seit einer Stunde? Und dann plaudern sie so locker?

»Woher?«

»Ich habe eine Anzeige im Forum aufgegeben. Dass ich für heute Abend eine Dame suche, die mit uns beiden Spaß hat. Und Ingrid hat sich gemeldet.«

Elena schweigt skeptisch. Sie gönnt Tobias sein Vergnügen, aber was sie nicht will, ist, dass noch eine Frau in ihre Ménage-à-trois eindringt. Es reicht, dass sie Tobias mit seiner Ehefrau teilen muss.

»Es ist wahr«, sagt Ingrid.

»Ich weiß, was du denkst, aber du musst dir keine Sorgen machen.« Tobias lächelt. Er beugt sich zu Elena, nimmt ihr das Weinglas aus der Hand und beginnt, sie leidenschaftlich zu küssen. Er flüstert in ihr Ohr, wie sehr er sie begehrt, wie wundervoll sie aussieht und wie dankbar er ihr ist, dass sie ihm nun hilft, seine Fantasie auszuleben. Seine Zunge spielt mit der ihren, dann knabbert er an ihrem Ohrläppchen, was die gewohnten Schauer über ihren Rücken jagt. Elena entspannt sich wieder etwas und lässt es geschehen. Fühlt plötzlich eine weitere Hand auf ihrem Knie, die sie zärtlich, aber etwas unsicher streichelt. Weil Elena das angenehm findet und auch aus einer Art Trotz heraus, spreizt sie ihre Schenkel leicht - mal sehen, wie weit diese Ingrid geht. Die Hand wird tatsächlich mutiger und wandert zur Innenseite ihrer Oberschenkel. Sacht liebkost sie das weiche Fleisch, wandert wieder zum Knie zurück, beschäftigt sich ausgiebig und wirkungsvoll mit Elenas Kniekehle, bahnt sich wieder ihren Weg zurück. Immer näher an Elenas Möse kommt die Hand, entfernt sich, kommt wieder näher.

Während Tobias sie immer noch küsst, hat er ihre Brüste von dem bisschen Stoff befreit. Nun nimmt er ihre rechte Warze in den Mund und saugt an ihr. Gleich darauf spürt Elena einen zweiten Mund an ihrer anderen Brustwarze, Tobias' Hand ist nun auf ihrem anderen Schenkel. Elena entspannt sich ganz, legt sich zurück, genießt den unterschiedlichen Rhythmus, den die beiden Münder und die beiden Hände haben. Da ist plötzlich Ingrids Kopf über ihr, sanft lächelnd bewegt sie sich auf ihren Mund zu und küsst sie schließlich. Elena weiß nicht genau, wie sie das findet. Seltsam. Es erregt sie nicht, aber es ist auch nicht unangenehm. Tobias' Hand hat sich zu Elenas Möse vorgearbeitet, teilt sacht ihre Schamlippen. Sie ist feucht und vehement dringt er in sie ein. Er zieht an den inneren Lippen, tupft leicht ihren Kitzler an, massiert wieder ihren Oberschenkel, während Ingrid sie immer noch küsst und dabei Elenas Brüste vorsichtig knetet. Sie nimmt die Warzen zwischen zwei Finger und zieht sie in die Länge, sodass sie steinhart werden. Es sind nicht Ingrids Küsse, die sie dazu bringen, aber Elena keucht, schiebt ihr Becken nach vorne, will mehr. Spürt plötzlich, wie Tobias sich zurückzieht, hört, wie er sich eine Zigarette anzündet. Überrascht öffnet sie die Augen, schiebt Ingrid zur Seite und blickt ihn fragend an. Sein Blick ist interessiert auf die beiden Frauen gerichtet, er wartet gespannt, was passiert. Somit hat er also Ingrid das Feld überlassen und Elena weiß, dass sie nun entscheiden muss, ob sie ihm seinen Wunsch erfüllt. Ihr Blick fällt auf Ingrid, die sie wieder unsicher anlächelt. Weiß der Geier - warum nicht, dann hat sie eben zum ersten Mal mit einer Frau Sex. Aber diese Ingrid wird sich anstrengen müssen, Elena gehört nicht zu den Frauen, die einen Orgasmus vorspielen. Sie nickt Ingrid zu und die widmet sich nun sofort ganz Elenas Brüsten, saugt, spielt mit den Brustwarzen, wechselt zwischen sehr zart und etwas fester, was Elena überraschenderweise erregt. Ingrids Mund wandert weiter, weiter zu Elenas Achselhöhlen, ihre Zunge leckt wieder sanft, züngelt, züngelt weiter nach unten, landet in Elenas Bauchnabel und verweilt da.

Elena öffnet abermals die Augen. Tobias sitzt da, raucht nicht mehr, sieht gebannt zu, hat seinen Schwanz, der schon steif ist, aus der Hose geholt und bewegt seine Vorhaut langsam vor und zurück. Elena mag dieses Bild und beobachtet ihn weiter, ganz dem Genuss hingegeben, den ihr Ingrid bereitet, die sich nun bis zu Elenas äußeren Schamlippen vorgezüngelt hat. Ingrid rutscht vom Stuhl, kniet sich zwischen Elenas Schenkel und drückt sie weiter auseinander. Zart streicheln ihre Hände Elenas Möse nach, so sacht, so leicht, dass wohlige Schauer durch Elenas Körper laufen. Dann setzt sie ganz plötzlich wieder ihre Zunge ein. Und wie! Sie leckt, schleckt, ja, sie vergräbt sich in Elenas Fotze, taucht in sie ein. Ihre Zunge wirbelt herum, erforscht jede Falte, jeden weichen Winkel, findet die Klitoris, umkreist sie, tupft leicht darauf, umkreist sie wieder. »Ja«, stöhnt Elena, »ja, ja! Stärker, bitte!« Ingrid folgt dieser Aufforderung nur zu gerne, saugt sich fest, knabbert vorsichtig am Kitzler. Elena umfasst ihren Kopf, drückt ihn fester gegen ihr Loch, ganz fest, hält den Atem an, um nichts zu verpassen, seufzt. Plötzlich ist Tobias über ihr. Er küsst sie erst, dann positioniert er sich so, dass er Elena seinen Schwanz in den Mund legen kann, die sofort ebenfalls zu saugen, zu küssen, zu lecken beginnt. Es macht sie geil, immer wieder aufs

Neue dieses harte, dicke Stück Fleisch in sich aufzunehmen, damit zu spielen, ihn zu verwöhnen.

Tobias sieht auf die zwei Frauen hinab, geilt sich an ihrem Anblick auf, an Elenas Lust, an Ingrids Gier. Er stößt schneller in den Mund seiner Geliebten, immer schneller, sieht, dass auch Elenas Becken sich immer rascher hebt und senkt. Von Ingrids Gesicht ist nichts zu sehen, sie hat sich vollständig in Elenas Loch vergraben, ist versunken und was auch immer sie tut, entlockt Elena zirpende Geräusche und dann, plötzlich, ein Schrei, Zuckungen. Er sieht, wie sich aus Elenas Spalte eine kleine Fontäne ergießt, auf Ingrids Titten. Ingrid, die nun von Elena ablässt, ihr Zeit gibt, sich wieder zu beruhigen, ihren Kopf auf Elenas Schenkel legt.

Auch Tobias zieht sich aus Elenas Mund zurück. Er zieht Elena auf den Boden zu Ingrid, sodass er nun zwischen den beiden Frauen sitzt. Er küsst seine Elena, dann wendet er den Kopf zu Ingrid und küsst sie ebenfalls. Ingrid ist offensichtlich sehr erregt. Sie erwidert seinen Kuss, gebärdet sich wie verrückt, wie eine Verhungernde, der man einen Bissen Brot reicht. Doch belässt sie es nicht beim Küssen, sie klettert über ihn und sieht ihn bittend an. Er nickt. »Elena?«, fragt sie leise. Elena hat Mühe, die Augen zu öffnen, ist aber gleich hellwach, als sie sieht, dass Ingrid bereit ist, sich auf Tobias' Kolben zu setzen. »Nein!«, will sie rufen. Aber sie sieht Tobias' Blick, erkennt sein Verlangen. Nun gut, es ist seine Fantasie. Sie schluckt. Nickt.

Mit einem Seufzen stülpt sich Ingrid auf den hoch aufragenden Schwanz und beginnt sofort, Tobias zu reiten. Ihr Brüste wippen so verlockend auf und ab, dass Elena nicht anders kann, als sie anzufassen. Sie sind sehr fest und die Warzen sind groß. Sie haben sich zusammengezogen, stehen frech in die Luft. Tobias hat seinen Kopf zurückgebeugt, die Augen geschlossen und atmet schwer. Elena zieht an Ingrids Nippeln und sie scheinen noch länger und steifer zu werden. Elena muss einen dieser Nippel in ihren Mund nehmen, es ist zu verlockend. Ingrid reagiert darauf mit einem noch wilderen Ritt, Tobias stöhnt, keucht, packt Ingrids Becken und zwingt ihr seinen Rhythmus auf. Elenas Hand fährt zwischen Ingrids Schenkel zu ihrer Fotze und während Ingrid auf und nieder gleitet, findet Elena ihren Lustknopf, prall und geschwollen. Sie reibt ihn, vorsichtig, doch Ingrid drückt ihre Hand fester dagegen und Elena folgt dieser Aufforderung, erhöht den Druck, was ein tiefes, lang gezogenes Gurren aus Ingrids Kehle erklingen lässt. Tobias stößt immer heftiger zu, Elena lauscht dem schmatzenden Geräusch, lässt von Ingrid ab und bewegt ihre Hand zu Tobias' Hoden, beginnt, sie liebevoll zu drücken und dann in die Länge zu ziehen. »Ja, mach weiter!«, ruft Tobias und da die beiden Frauen nicht wissen, welche von ihnen er meint, erhöhen beide ihre lustvollen Anstrengungen. Tobias lässt noch ein lang gezogenes »Ja!!!« hören, sein Körper versteift sich - und er spritzt ab, eine volle Ladung in diese Fremde, die immer noch nicht gekommen ist. Elena sieht, wie sie verzweifelt den erschlaffenden Schwanz reitet, legt ihre Finger wieder auf die Klitoris und beginnt nun, schnell und fest mit kreisenden Bewegungen diese zu reiben - wie sie es bei sich selbst auch tut. Und auch bei Ingrid verfehlt es die Wirkung nicht - wieder presst sie Elenas Hand noch fester gegen ihre Scham - und kommt endlich, so heftig, dass sie beinahe von Tobias herunterfällt, würde der sie nicht festhalten.

Erschöpft, aber zufrieden liegen die drei in sich zusammengesunkenen Gestalten auf dem Fußboden. Es ist warm, nass und schön. Tobias zieht Elenas Kopf zu sich heran und küsst sie sanft. »Danke«, flüstert er wieder einmal. Elena lächelt unsicher. Sie weiß immer noch nicht genau, wie sie das findet, dass sie zusehen musste, wie er mit einer anderen Frau Sex hat. Nein, das gefällt ihr eigentlich gar nicht. Sie ist tatsächlich eifersüchtig. Deshalb schiebt sie Ingrid kurzerhand zur Seite und legt sich mit ihrem ganzen Körper auf Tobias. Er scheint sie zu verstehen und legt seine Arme um sie.

»Willst du dich nicht um Ingrid kümmern?«

Zugegeben, die Frau sitzt ziemlich verloren neben ihnen, aber Elena hat keine Lust, die brave Gastgeberin zu spielen. Er hat sie mitgebracht, soll er sich auch einfallen lassen, wie man sie wieder loswird.

»Na komm schon«, fordert er sie auf. Elena rührt sich nicht.

»Eifersüchtig?«, flüstert er leise in ihr Ohr und sie nickt.

»Okay, ich verspreche dir, dass ich sie nicht mehr anfasse. Aber ich möchte euch noch einmal zusehen.«

Das kann unmöglich sein Ernst sein! Elena sieht ihm in die Augen, die sie bittend anblicken. Große Güte, was will er denn noch? Er scheint ihre Gedanken zu erraten.

»Leck sie.«

Elena möchte nicht und ziert sich. Sie wollte noch nie eine Frau lecken, sie ist einfach nicht bi.

»Na komm schon, Ingrid wartet.«

Soll sie warten, bis sie alt und grau ist, Elena wird sich nicht einen Zentimeter bewegen. Doch statt einer Antwort abzuwarten, schiebt Tobias Elena von sich herunter, hebt sie auf und trägt sie ins Schlafzimmer, legt sie auf das Bett. Ingrid folgt ihnen und legt sich neben Elena. Sofort beginnt sie wieder, Elena zu streicheln, zärtlich über den Rücken, den ihr diese zuwendet. Tobias geht noch einmal hinaus und holt sich einen Stuhl, setzt sich vor das Bett und zündet sich eine Zigarette an.

Elena rührt sich nicht, sie hat immer noch keine Lust, sich Ingrid zuzuwenden. Obwohl dieses Streicheln sehr angenehm und zärtlich ist. Nun küsst Ingrid sie in den Nacken, beißt sie leicht und Schauer laufen über Elenas Rücken.

Also schön, denkt sie, was soll's, wenn es Tobias so

viel bedeutet. Immerhin hat er auch zugesehen, wie Elena von zwei anderen Männern gefickt wurde. Und wie … Die Erinnerung an jene Nacht erregt sie. So sehr, dass sie mehr will, als nur hier zu liegen. Ja, am liebsten wäre es ihr, Tobias würde sie nehmen, aber im Zweifelsfall - warum nicht diese Ingrid.

Elena dreht sich zu ihr um und betrachtet sie. Sie mag Ingrids Rundungen, ihre strammen Brüste mit den großen Warzen, die so vorwitzig in die Luft ragen. Sie nimmt eine davon zwischen ihre Finger und verdreht sie … fest. Ingrid stöhnt auf und schließt die Augen. Elena packt noch fester zu, aber Ingrid wehrt sich nicht, im Gegenteil, sie genießt es. Elena beugt sich vor, nimmt die Brustwarze zwischen ihre Vorderzähne, beißt leicht zu. Keine Reaktion. Darum erhöht Elena den Druck, es ist ein fester Biss, aber Ingrid heult nicht etwa auf. Nein, sie stöhnt tief und wohlig, reckt sich Elena entgegen, beinahe bittend, ihr noch größeren Schmerz zuzufügen. In Elena steigt eine unbekannte Erregung auf und sie beißt richtig fest zu. Immer noch keine sichtbare Reaktion dieses kleinen Wonneproppens, was Elena zu ihrer eigenen Verwunderung wagemutiger und begieriger macht, Ingrid einen Schmerzenslaut zu entlocken. Sie holt weit aus und schlägt auf den stark gewölbten Venushügel. Es klatscht laut und endlich zuckt Ingrid zusammen, ruft jedoch: »Ja, bitte, fester!« Elena sieht Tobias ratlos an, der gespannt dasitzt und die Szenerie beobachtet.

»Tu ihr weh«, sagt er mit rauer Stimme und Elena wendet sich wieder der fremden Frau zu, schlägt sie erneut, diesmal auf den Eingang der Vagina und Ingrid seufzt selig auf. Noch einmal und noch einmal züchtigt Elena diese nasse, von Schleim überzogene Fotze und es bereitet beiden Frauen Lust. Ingrid zieht Elena nach unten und diese starrt zum ersten Mal auf das Geschlecht einer anderen Frau. Die Haut ist von den Schlägen gerötet und zwischen den wulstigen Schamlippen sickert der Saft hervor. Es sieht zart und schön aus. Auf einmal bekommt Elena große Lust, auch hier hineinzubeißen und sie tut es ohne weitere Überlegung. Ingrid jauchzt, rekelt sich wie eine zufriedene Katze. Ihre starken Rundungen gefallen Elena immer besser, sie wühlt sich durch ihr Fleisch, packt roh und hart zu, was ihre Gespielin in immer größere Raserei treibt. Schließlich kann sich Elena nicht mehr zurückhalten, sie möchte wissen, wie der Saft einer anderen Frau schmeckt, wie es sich anfühlt, sie zu lecken und ihr sinnliche Freuden zu bereiten. Sehr bedachtsam, weil es nun eben ihr erstes Mal ist, teil sie die Lippen - dann taucht sie ein in diese heiße, nasse Grotte. Ingrid schmeckt süßlich und riecht gut, das animiert Elena, noch tiefer einzudringen. Sie schleckt und nagt und saugt, sucht den Kitzler, findet ihn aber nicht. Deshalb richtet sie sich etwas auf, hilft mit den Fingern nach und findet ihn versteckt in einer Hautfalte. Ein vorwitziges kleines Ding, erinnert sie an Ingrids Nippel. Sie begutachtet ihn eingehend,

Ingrid hält ganz still und den Atem an. Elena tippt die Klitoris sacht an, aber es geschieht nichts. Da schlägt sie mit der flachen Hand darauf und sofort beginnt er, anzuschwellen. Ingrid gibt ein Zirpen von sich wie ein kleiner Vogel. Elena verbeißt sich in diesen harten Knopf, lutscht ihn, bearbeitet ihn hart mit Zunge und Zähnen, sie hat längst erkannt: Je fester sie Ingrid bearbeitet, umso mehr geht sie ab. Und es ist nun tatsächlich für Elena schwer, ihr Werk fortzusetzen, denn diese kleine stämmige Frau wirft sich mit aller Kraft hin und her, so stark, dass ihre Peinigerin beinahe aus dem Bett fällt. Ein Blick auf Tobias zeigt Elena, dass er die Show genießt, die ihm geboten wird. Er verschlingt mit den Augen, was er sieht und atmet schwer. Ebenso Ingrid. Elena verankert sich mit den Füßen an der Wand, nun hat sie genug Halt, sich der sich windenden Frau wieder zuzuwenden. Erneut startet sie einen Angriff auf deren Kitzler, wieder setzt sie die Zähne ein, beißt richtig zu und bohrt drei Finger in Ingrids Loch und beginnt sie stoßen. Soweit noch möglich, verstärkt die andere ihre heftigen Stöße und Bewegungen, Drehungen, wirft den Kopf hin und her, heult bei jedem Biss laut und lustvoll auf, packt Elenas Hinterkopf und drückt sie so fest gegen ihre Scham, dass sie kaum Luft bekommt. Trotzdem versucht sie, sich Ingrids Tempo anzupassen, sich nicht wieder abwerfen zu lassen, was wirklich schwer ist bei dem Höllentanz, in dessen Zentrum sich ein kleiner, roter, harter Lustknopf befindet.

»Bitte, ja, ja, mach weiter, du kleine Drecksschlampe«, stößt Ingrid hervor und Elena gibt, was sie kann, fickt sie immer härter, immer schneller, merkt, dass diese Fotze schon oft gedehnt wurde und nun will sie es wirklich wissen und ohne Vorwarnung drückt sie ihre ganze Hand in das dunkle Dreieck. Es geht erstaunlich leicht und was für ein Gefühl ist das denn! Es ist so heiß da drinnen, eng, nass wunderbar. Sie zieht ihre Hand wieder heraus, nur um sie anschließend mit aller Härte noch tiefer hineinzudrücken. Ingrid ist knapp davor, zu kommen, wie besessen macht sie mit ihrem Becken Fickbewegungen, reibt sich an Elenas Hand, hält sie so fest, dass ihre Klitoris am Handgelenk reibt. Elena kann nichts mehr tun, nur zusehen, denn Ingrid, die stille, sanft lächelnde Ingrid besorgt es sich selbst, benutzt Elenas Hand einfach als Reibungsfläche und dann kommen die Zuckungen, das Schreien und sie spritzt mit einer riesigen Fontäne ab, sodass sich ein großer nasser Fleck auf dem Laken abzeichnet.

Da packt Tobias Elena von hinten und dringt in sie ein, es geht ganz leicht, sie ist wie gut geschmiert, auch ihr ist der Saft gekommen und Tobias nagelt sie beinahe an die Wand, so fest sind seine Stöße. Er merkt es gar nicht, sein Hirn hat ausgesetzt, er will nur noch kommen, es dauert länger als beim ersten Mal, aber er scheint weitaus erregter und heißer zu sein als zuvor. Elena würde sich gerne reiben, aber sie muss sich mit beiden Händen festhalten. Er beginnt, sie auf den

Arsch zu schlagen, fest, fester, zieht ihren Kopf mit der anderen Hand an den Haaren so weit wie möglich zurück. Es tut weh und treibt Elena die Tränen in die Augen und doch mag sie es, macht es sie heißer und geiler. Tobias vögelt sie in den Himmel, sie betet, dass er noch nicht abspritzt und tatsächlich zögert er es hinaus, bis Elena schreiend zusammenbricht. Dann kann und muss er sich nicht mehr beherrschen. Er stützt sich mit beiden Händen an Elenas Kreuz ab, noch zwei, drei Stöße, dann bricht auch er zusammen, ergießt sich in sie, sein Orgasmus zieht sich, will nicht enden, er bäumt sich noch einmal auf. Dann herrscht Stille, bis auf das stoßweise Atmen der beiden. Ingrid hat ihnen aufmerksam zugesehen und zu masturbieren begonnen - auch ihr kommt es noch einmal, wieder die Fontäne, ein stummer Schrei auf ihren Lippen.

Erschöpft, aber zufrieden liegen die drei irgendwie übereinander auf dem kleinen Bett und Elena hat für einen Moment Angst, dass es zusammenbrechen könnte. Alles ist nass und verklebt, Schweiß, Sperma, Tränen. Ein animalischer Geruch geht von ihnen aus. Ingrid hat die Augen geschlossen, ebenso Tobias. Elena betrachtet die beiden. Das war es wert, allemal.

Etwas später sitzen die drei beim Kaffeetrinken und kein Unbeteiligter, der jetzt den Raum betreten hätte, hätte auch nur erahnen können, was noch vor einer Viertelstunde hier stattgefunden hat. Sie reden Belangloses, bis Ingrid auf die Uhr schaut. Es ist spät geworden und sie sieht müde aus, hat einen langen Heimweg vor sich. Elena ist das egal, sie möchte, dass Tobias noch bei ihr bleibt und er nickt ihr zu. So verabschieden sie sich von Ingrid, die setzt sich in ein Taxi, bedankt sich und der Wagen entschwindet ihren Blicken.

Tobias steht hinter Elena, hat seine Arme um sie gelegt und stützt sein Kinn auf ihrem Kopf auf.

»Wie geht es dir?«

»Ganz schön kaputt.«

»Nein, ich meine, wie hat es dir gefallen?«

»Zuerst war ich nicht davon überzeugt. Ich meine, ich bin nicht bi oder so. Ich war zwar immer neugierig, wie das so ist mit einer anderen Frau, aber mehr auch nicht.«

»Und wie ist es?«

»Ungewohnt. Und ich glaube nicht, dass ich es noch mal tun will. Aber mit Ingrid war es heiß.«

»Das habe ich gemerkt.«

»Und da ist noch etwas, das mir ganz und gar nicht gefällt.«

»Was?«

»Ich war eifersüchtig, als du sie gevögelt hast.«

»Was ist so schlimm daran?«

»Na ja, du hast mir meine Fantasie mit den drei Männern erfüllt und ich wollte, dass ich das für dich auch tun kann.«

»Du hast es getan.«

»Aber es gefällt mir nicht, dass ich eifersüchtig bin. Ich habe kein Recht auf dich.«

»Doch. Das hast du.«

»Nein, habe ich nicht.«

»Doch. Seit zwei Tagen.«

»Das verstehe ich nicht. Was war vor zwei Tagen?«

»Da habe ich mich in dich verliebt.«

Schweigen. Elenas Magen zieht sich zusammen. Ist es das jetzt? Der Anfang vom Ende? Sie will Tobias nicht ziehen lassen. Aber Liebe?

»Du sagst nichts dazu?«

»Du bist verheiratet.«

»Ja. Das macht es nicht gerade leicht, ich weiß.«

»Es ist gegen die Abmachung.«

»Mit Gefühlen kann man keine Abmachung treffen … Willst du mich jetzt nicht mehr sehen?« Er fragt es ruhig, aber sie hört die Angst in seiner Stimme. Was soll sie sagen? Einerseits findet sie es schön, aber …

»Ich eigne mich nicht als Geliebte.«

»Das heißt, du teilst meine Gefühle nicht?«

»Ich darf darüber nicht einmal nachdenken, Tobias. Denn du wirst deine Frau nicht verlassen, du magst sie. Ich will nicht als traurige Verliererin enden, die ewig wartet, dass du irgendwann mal zwischendurch Zeit für mich hast.«

»Das verstehe ich. Und was machen wir jetzt?«

»Lass es uns einfach weiter schön haben. Nicht nachdenken.«

»Okay.«

Aber natürlich geht das nicht. Der Abend klingt

ruhig und romantisch aus. Doch kaum ist Tobias aus der Tür, da kommen sie, die Gedanken, die Elena gefürchtet hat. Was ist, wenn sie sich auch verliebt? Hat? Nicht nachdenken, nicht nachdenken. Leichter gesagt als getan. Andererseits - was soll's? Dann sind sie eben verliebt ineinander. Verliebtheit ist eine vorübergehende Bewusstseinstrübung. Gefährlich wird es, wenn Liebe daraus wird. Und um ihn zu lieben, dazu kennt sie Tobias zu wenig. Sie kann es nur auf sich zukommen lassen. Denn ohne ihn sein, das will sie auch nicht.

Elena zündet sich eine Zigarette an und nimmt ihre Streifzüge durch das Atelier wieder auf. Dabei fällt ihr Blick auf das Bett und sie sieht die nassen Stellen, alles zerwühlt. Himmel, hoffentlich hinterlässt die Nässe nicht Flecken auf dem Sofaüberzug. Sie hat keine Lust, es ist spät, ihr Körper tut weh, aber es muss sein. Sie zieht das Bett ab, natürlich hat auch der Überzug etwas abbekommen und sie putzt vorsichtig mit einem Schwamm so lange herum, bis sie hofft, dass nach dem Trocknen nichts mehr zu sehen ist. Dann nimmt sie frisches Bettzeug aus dem kleinen Schrank in der Ecke. Ihre Körperwärme wird die Flecken trocknen, auch wenn es beim Schlafen unangenehm ist.

Sie räumt noch den Tisch auf, wäscht ab. Sie hat stets die Angstvorstellung, dass Susanne und Paul ohne Ankündigung zurückkommen - deshalb muss immer alles sauber und alle Spuren ihrer Treffen beseitigt sein. Erst dann geht sie schlafen. Tief und traumlos.

16.

Am nächsten Morgen gilt Elenas erster Blick dem Sofaüberzug. Zum Glück ist nichts zu sehen, große Erleichterung. Sie macht sich Kaffee und isst ihr Müsli. Da läutet ihr Mobiltelefon. Reinhard.

»Ich habe eine Wohnung gefunden.«

»Was? So schnell?«

»Ja, reiner Glücksfall. Freunde meiner Eltern verkaufen ihr Apartment.«

»Und du nimmst es?«

»Meine Eltern kaufen es. So viel habe ich auch wieder nicht auf der hohen Kante.« Hätte Elena auch gewundert. Aber was für gute Nachrichten!

»Wann kannst du einziehen?«

»Eigentlich sofort. Sie haben die Wohnung schon geräumt.«

Das wird ja immer besser.

»Kannst du heute vorbeikommen und wir gehen alle Sachen durch, wir müssen aufteilen, wer was bekommt.« Danach steht Elena nun wirklich nicht der Sinn. Doch je eher sie es hinter sich bringt, umso besser. Außerdem hat sie heute ohnehin nichts vor. Besser, als hier zu sitzen und zu warten, ob Tobias sich meldet.

»Okay. Ich komme.«

***

Einen gemeinsamen Hausrat aufzuteilen, ist nie schön. Gemeinsame Erinnerungen, Stücke, die man zusammen ausgesucht hat. Das bringt vieles wieder hoch und mit einem Mal laufen Elena Tränen übers Gesicht. Reinhard legt den Arm um sie und zieht ihren Kopf auf seine Schulter. So verweilen sie eine Zeit lang. Dann wischt er ihr die Tränen von den Wangen und sieht ihr in die Augen.

»Ein letztes Mal?«

»Was?«

»Du weißt schon.«

»Nein. Was meinst du?«

»Ich habe Lust, mit dir zu schlafen.« Hat der Kerl ein Rad ab? Da rührt er sie jahrelang nicht an, sie trennen sich und jetzt will er? Das ist ja nicht zu glauben!

»Nein, das möchte ich nicht.«

»Du hast also doch jemanden kennengelernt.«

»Das tut nichts zur Sache. Wir hatten seit Jahren keinen Sex, was soll das jetzt?«

»Na ja, Trennungssex soll der beste sein.« Jetzt klebt sie ihm gleich eine.

»Vergiss es. Das macht es auch nicht leichter oder besser. Lass uns hier weitermachen.« Elena befreit sich von seinem Arm und geht in die Küche. Das hässliche Geschirr, das ihnen seine Eltern geschenkt haben, soll er bloß mitnehmen. Auch die Handtücher, ebenfalls ein Geschenk der Ex-Schwiegereltern. Nur weg damit. Je mehr er mitnimmt, umso lieber ist es ihr, selbst wenn sie dann in einer kahlen Wohnung sitzt.

Nach zwei Stunden haben sie alles durch und Elena verabschiedet sich. Traurig steht sie auf der Straße und fühlt sich sehr alleine. Egal, ob das klug ist oder nicht, sie braucht jetzt Tobias. Sie wählt seine Nummer, er hebt auch gleich ab und hört sie an.

»Verstehe. Nein, du solltest jetzt wirklich nicht alleine sein. Was hältst du davon, wenn wir ins Kino gehen?«

»Okay. Welchen Film?«

»Ich meine nicht irgendein Kino.«

»Kapier ich nicht.« Er lacht.

»Warst du schon einmal in einem Pornokino?«

»Was? Du willst mit mir in so ein Schmuddelding?«

»Natürlich nicht. Ich kenne da einen Club, die haben ein sehr stilvolles Kino. Das wird dir gefallen.«

Okay. Stilvoll klingt gut.

»Abgemacht.«

***

Zwei Stunden später treffen sie sich vor dem dezenten Eingang eines Clubs. Tobias nimmt sie in den Arm und drückt sie fest.

»Du warst noch nie in einem Pornokino?«

»Nein. Und ich kenne nur diese abgefuckten Dinger in irgendwelchen zwielichtigen Ecken. Da wollte ich nie reingehen. Schon gar nicht, als ich gesehen habe, was für Leute da rauskommen.«

»Kann ich verstehen. Das hier ist etwas anderes, da kommen nur Mitglieder rein.«

»Und du bist Mitglied? Was sagt deine Frau dazu?«

»Davon weiß sie nichts. Wir haben kaum noch Sex. Und irgendwo musste ich hin, um doch auch noch etwas zu erleben. Das war, bevor ich dich getroffen habe.«

»Darf ich dich etwas fragen?«

»Klar.«

»Du lügst deiner Frau ganz schön die Hucke voll. Ich habe Angst, dass du das bei mir auch einmal machst. Warum sollte ich die Ausnahme sein?«

»Weil du eine Ausnahme bist. Ich hatte noch nie so geilen Sex wie mit dir. Ich habe dich mein ganzes Leben lang gesucht.« Er küsst sie. Wieder einer dieser Küsse, die sie alles vergessen lassen. Normalerweise. Diesmal nicht.

»Wenn das einmal nicht mehr so ist, dann fang nicht an, mich anzulügen. Ich überlebe es, wenn du gehst.«

»Du bist ganz schön taff.«

»Nein. Ich hasse allerdings Lügner.«

»Dann hasst du mich?«

»Nein. Du hast mich ja hoffentlich noch nicht angelogen.«

»Natürlich nicht. Aber ich verstehe, was du meinst. Und jetzt lass uns reingehen.«

Tobias hält ihr die Tür auf und sie tritt in einen holzgetäfelten Vorraum mit einer Rezeption, an der ein ernster junger Mann steht und sie höflich begrüßt. Tobias hält ihm seine Mitgliedskarte hin und der Mann nimmt ihre Mäntel, wünscht ihnen gute Unterhaltung.

Von dem Vorraum führt eine gepolsterte Tür in die Bar des Clubs. Auch hier ist alles vornehm und gediegen. Gedämpftes Licht und Chesterfieldsofas. Ein

Barkeeper schwenkt gekonnt eine Flasche und eine junge Kellnerin führt sie zu einem freien Sofa. Sie bestellen Getränke und Elena sieht sich um. Auf den anderen Sofas sitzen ebenfalls Pärchen, schmusend, redend. Manche Frauen haben ihre Brüste entblößt. Niemand scheint etwas dabei zu finden. Auch nicht an der einen oder anderen dezenten Hand unter einem Frauenrock. Eine gemütliche und doch sinnliche Atmosphäre herrscht vor. Die Leute hier haben Geld und Stil, das sieht man.

Die Kellnerin bringt ihre Drinks und Tobias beginnt, sie zu küssen und sanft ihr Haar zu streicheln.

»Knöpf deine Bluse auf.«

»Was?!«

»Tu es.« Elena schluckt und sieht sich um. Niemand beachtet sie. Trotzdem ist es ihr unangenehm. Gleichzeitig prickelt es in ihr. Es ist verrucht und das mag sie. Aber gut, dass es dunkel ist, so sieht keiner, dass sie im Gesicht rot wird, während sie ihre Bluse öffnet. Tobias küsst sie wieder und holt eine ihrer Brüste aus dem BH. Elena will seine Hand wegschieben, aber er ist stärker.

»Hallo, Tobias«, sagt eine Männerstimme. Elena will ihre Blöße bedecken, aber Tobias hindert sie daran.

»Richard! Schön, dich zu sehen. Das ist Elena.«

»Freut mich sehr. Ich habe dich schon lange nicht mehr hier gesehen. Was habt ihr vor?«

»Wir wollen ins Kino.«

»Dann sehen wir uns da.« Richard nickt Elena zu, ohne auf ihre Brust zu starren. Offenbar ist das hier wirklich nichts Besonderes.

»Ich bestelle uns noch einen Whiskey.«

Nachdem sie auch den ausgetrunken haben, fühlt sich Elena etwas beschwipst, außer ihrem Müsli hat sie heute noch nichts gegessen. Der Alkohol macht sie aber auch mutig.

»Und jetzt?«

»Wollen wir uns den Film ansehen?« Elena nickt, möchte aber, bevor sie aufstehen, ihre Bluse wieder schließen. Erneut hindert er sie daran. Also lässt sie es bleiben.

Tobias führt sie durch einen schmalen Gang, öffnet wieder eine Polstertür und sie stehen in einem Kinoraum. Überall Sofas, manche besetzt. Auch hier küssende Paare, aber auch einzelne Herren, die auf die Leinwand blicken. Dort räkelt sich gerade eine Brünette in der Badewanne. Eine Blondine leistet ihr Gesellschaft und sie seifen sich gegenseitig ihre Körper ein. Natürlich bleibt es nicht dabei.

Tobias führt Elena zu einem der mittleren Sofas, sie kuschelt sich an ihn und sieht sich wieder um. Ein Mann steht auf, kommt näher und setzt sich auf das freie Sofa links von ihnen. Das irritiert Elena etwas, doch sie beschließt, den Mann zu ignorieren. Vielleicht hat er sich nur umgesetzt, um besser zu sehen.

Auf der Leinwand sind die beiden Damen immer

noch in der Wanne zugange. Nun kommt eine pummelige Schwarzhaarige dazu, echt sexy mit ihren Rundungen. Sie erschrickt, als sie die beiden in der Wanne sieht und geht wieder hinaus. Die beiden Sexmäuschen werfen sich einen verschwörerischen Blick zu, entschwinden dem Bad und suchen die Schwarzhaarige. Jetzt geht es wirklich zur Sache, denn sie machen sich daran, sie zu verführen und die Schwarze ist auch sehr willig, wenn auch schüchtern. Die Blonde schnallt sich einen Strap-On um und zwingt die Schüchterne, sich über den Küchentisch zu legen. Dann dringt sie von hinten mit dem Strap-On ein, was zu großen Wonneseufzern bei der Gefickten führt. Die Szene erregt Elena, auf einmal versteht sie Tobias, dass es geil ist, anderen beim Sex zuzusehen. Vor allem das Stöhnen und Keuchen macht Eindruck auf sie, gebannt sieht sie zu, bemerkt kaum, dass Tobias ihre Schenkel auseinander drückt. Aber dann erschrickt sie heftig, als sie bemerkt, dass er ihren Rock bis zur Hüfte hochschiebt.

»Bist du verrückt? Das sieht doch jeder!«, flüstert sie ihm zu.

»Ich weiß. Und das ist geil. Warte mal ab, was passiert.«

Elena ist das sehr unangenehm, hier vor lauter Fremden so abgegriffen zu werden, denn Tobias macht sich jetzt daran, mit der Hand in sie einzudringen, stellt erfreut fest, wie nass sie schon ist, bereit, ihn aufzunehmen.

»Spreiz die Beine weiter«, befiehlt er und Elena gehorcht automatisch. Mit einer Hand befingert er ihre Möse, mit der anderen holt Tobias ihre zweite Brust aus dem BH und macht sich daran, an ihrem Nippel zu saugen.

Der Mann links von ihnen sieht längst nicht mehr dem Film zu, seine Aufmerksamkeit ist ganz bei Tobias und Elena. Entspannt lehnt er in der Sofaecke und beobachtet sie ohne jede Scheu. Elena ist verzweifelt, das ist so peinlich, denn ihre Erregung steigt und ihr entkommt ein Stöhnen, so laut, dass sich mehrere Kinobesucher zu ihnen umdrehen.

»Bitte, Tobias, die Leute schauen schon!«

»Gut so. Entspann dich einfach.«

Elena denkt sich: Augen zu und durch. Und darum schließt sie auch ihre Augen, legt den Kopf zurück, konzentriert sich auf die geilen Geräusche, die von der Leinwand kommen und lässt alles mit sich geschehen. Tobias zieht ihr die Bluse und den BH aus und massiert ihre Titten heftig und stark, Elena kann ein lautes Keuchen nicht unterdrücken. Wagt nicht, die Augen zu öffnen, bemerkt aber, dass sich plötzlich jemand neben sie setzt und ein zweites Paar Hände macht sich an ihr zu schaffen, spielt mit ihrem Busen und küsst ihren Hals. Es ist gut, es ist geil und Elena rutscht etwas tiefer, um die Beine weiter zu spreizen und beide Männer folgen dieser schweigenden Aufforderung und wenden sich ihrem Unterleib zu. Auf dem Leder des Sofas hat sich eine kleine Pfütze ihres Saftes gebildet, so erregt ist sie bereits. Nun wagt sie es doch, die Augen zu öffnen. Um sie herum hat sich eine Gruppe von Männern versammelt. Zwei Frauen sind auch dabei. Sie haben sich Sessel herangerückt, lehnen sich vor, um besser sehen zu können, denn nun kommt ein Mann mit einem Stangendildo, was Elena erst gar nicht mitbekommt. Mit einem Mal wird sie aufgespießt, etwas dringt mit voller Wucht in sie ein, sie reißt die Augen auf, vor ihr steht ein Fremder mit einer Stange in der Hand, deren Mündung in Elena verschwunden ist. Einige Leute applaudieren, der Fremde setzt nun an, den Dildo bedachtsam in Elenas Fotze zu drehen, hinein- und hinauszustoßen. Mit jedem Mal steigert er das Tempo, dazu die vier Hände auf ihrem Körper. Elena merkt, dass sie die Kontrolle verliert und sich nicht mehr zurückhalten kann. Warum auch? Sie hält sich an Tobias und dem Mann neben sich fest, damit sie die starken Stöße abfangen kann, ohne vom Sofa zu rutschen. Im Takt der Penetration schreit sie auf, die Leute um sie lachen, feuern den Mann an. Der steigert das Tempo, stoppt dann und bohrt langsam und tief in Elena hinein, ihr Saft fließt aus ihr heraus und als er das Tempo wieder erhöht, spritzt er aus ihr heraus. Sie hat vergessen, dass Tobias da ist, ihre Augen sind ausschließlich auf diesen Fremden gerichtet, sie ist eins mit ihm geworden, von ihm abhängig. Als er wieder langsamer zu werden droht, bittet und bettelt sie, aber er ist unbarmherzig und Elena muss sich in seinen Rhythmus fügen. Jedes Mal, wenn er den Stab wie wild in sie hineinrammt, hofft sie, er wird sie bis zum Höhepunkt ficken, doch sobald sie kurz davor ist, hört er auf, was ihre Erregung nur noch steigert. Sie fleht ihn an, kommen zu dürfen, er reagiert aber nicht auf ihre Worte. Sie ist gänzlich unvorbereitet, als er den Stangendildo aus ihr herauszieht. Ein anderer Kerl nimmt den Platz zwischen ihren Schenkeln ein und leckt sie. Jemand hebt sie in die Höhe und sie landet auf einem steifen Schwanz, der langsam in ihren Arsch eindringt. Nun muss Elena sich bewegen und zustoßen, der Mann, der sie leckt hat seinen Penis herausgeholt und wichst sich, spritzt auch kurz darauf schweigend, aber sich aufbäumend ab. Erneut spießt man sie mit dem langen, biegsamen Dildo auf und nun beginnt ein Höllenritt. Der eine Schwanz im Arsch, der andere in ihrer Fotze, es dauert eine Weile, bis sie einen gemeinsamen Rhythmus finden und sofort geht Elena ab wie eine Rakete. Sie wirft sich so herum, dass der Schwanz beinahe aus ihr herausrutscht. Doch man hält sie fest, drückt sie nach unten und in jeder Hand hat sie ein Prachtstück von einer Rute, die sie wie wild zu masturbieren beginnt. Jedes Mal, wenn sie kurz aufhören möchte, um auszuruhen, schlägt der Mann unter ihr fest auf ihren Po.

»Du hörst erst auf, wenn wir es dir sagen, kleine Schlampe.« Gehorsam macht Elena weiter, merkt, dass sie sich endlich dem Höhepunkt nähert, als eine Stimme sagt: »Du kommst erst, wenn ich es dir erlaube.

Wenn nicht, lernst du die Peitsche kennen.« Das genügt, um Elena etwas zu ernüchtern, jedoch währt das nicht lange, schon ein paar Minuten später ist sie wieder kurz davor, verstärkt wird ihre Erregung von einer Frau, die nun herangetreten ist und zusätzlich noch ihre Klitoris reibt.

»Bitte, bitte, darf ich kommen, ich kann es nicht mehr halten, bitte!«

»Nein!«

Elena schreit auf, kämpft gegen dieses köstliche Gefühl an, das immer näher und näher kommt, stetig Besitz von ihr ergreift. Sie weiß nicht mehr, was sie tun soll, um sich zurückzuhalten.

»Bitte, ich kann nicht mehr, bitte!«

In diesem Augenblickt, spritzt der Schwanz in ihrer rechten Hand ab, sie hört ein lautes Keuchen, dann kommt auch der Mann auf der linken Seite. Elena bekommt das nur am Rande mit, sie krallt sich am Sofa fest, kämpft gegen ihren Orgasmus an. Es ist unmöglich, die ersten Wellen erreichen sie - doch man lässt sie nicht, der Stab wird aus ihr herausgezogen, der Kerl unter ihr hält still und die Frau hört auf, ihre Klitoris zu reiben. Elenas Erregung ist jedoch so groß, sie muss sie irgendwie abbauen und beginnt, loszuschreien mit einer Stimme, die sie nicht von sich kennt. Gnadenlos warten die drei anderen, bis sie sich wieder beruhigt hat. Kaum kann sie wieder halbwegs Luft holen, beginnt der geile Reigen von vorne. Schon nach kurzer Zeit ist Elenas überreizte Möse wieder am Rande dessen, was sie aushalten kann. Aber nicht nur ihr geht es so, auch der Mann, der sie in den Arsch fickt ist am Kommen, er schleudert Elena immer wieder ein Stück in die Luft, hält sich an ihrem Becken fest und nagelt sie wie verrückt, was Elena gar nicht mehr mitbekommt. Sie ist zu sehr mit sich selbst beschäftigt. Nun, da sie ihre Hände wieder frei hat, masturbiert sie wie wahnsinnig. Sie hört die Zurufe nicht, sie ist ganz bei sich, in sich, den Blick gebannt auf den Mann mit dem Dildo gerichtet. Flehend sieht sie ihn an und schließlich erhört er sie und sagt:

»Komm, los, jetzt sofort.« Elena erhöht ihr Tempo, der Dildo verschwindet zur Gänze in ihr und dann, endlich, endlich, kommt es, kommt er, ein riesiger, nicht enden wollender Orgasmus, der Elena die Sinne raubt. Sie sinkt in sich zusammen, von Tobias aufgefangen, gehalten, gestreichelt. Bekommt nichts mit, außer dem Zucken ihres Körpers, dem Pulsieren ihrer Fotze, der Leere, als der Dildo aus ihr herausgezogen wird.

Die Leute um sie applaudieren, manche ziehen sich nun in eines der Separees zurück, wieder andere gehen an die Bar oder wenden sich erneut dem Film zu. Der Mann, der Elena in den Arsch gefickt hat, bleibt noch eine Weile bei ihnen auf dem Sofa sitzen und unterhält sich mit Tobias. Elena hört die Stimmen, aber bekommt nicht mit, was sie sagen. Sie ist weit, weit weg, müde, erschöpft. Sie rollt sich zusammen, legt ihren Kopf auf Tobias' Oberschenkel und schließt die Augen. Langsam kehrt sie wieder in diese Welt zurück.

»Geile Frau hast du da, Tobias, gratuliere.«

»Ja, sie ist unglaublich, meine kleine Schlampe.«

»War mir ein Vergnügen, sie fühlt sich gut an.«

»Oh ja, ich weiß.« Tobias lacht stolz. Der Mann verabschiedet sich und Tobias wendet sich seiner Geliebten zu.

»Wie geht es dir?«

»Wahnsinn …«, flüstert Elena.

»Es hat dir gefallen?«

»Ja. Sehr.«

»Heißt das, du kommst wieder mit mir hierher?«

»Auf jeden Fall. Ich will auch mal jemandem zusehen.«

»Du kannst dir den Porno weiter ansehen.«

»Das ist nicht dasselbe.«

»Nein, ist es nicht. Bist du meine kleine Schlampe?«

»Scheint so.« Sie lachen beide.

»Komm, lass uns was trinken gehen.«

»Ich habe Hunger.«

»Gut, lass uns etwas essen. Und dann gehen wir zu dir ins Atelier, denn ich will dich auch für mich alleine haben.«

»Das kann man hier nicht?«

»Doch. Aber nach deiner Vorstellung sind alle Separees besetzt.«

Wieder in der Bar macht sich Elena heißhungrig über einen Cheeseburger und Pommes her. Tobias sieht ihr schweigend zu.

»Was denkst du?«, will sie wissen.

»Was würdest du tun, wenn ich meine Frau verlasse?«

Elena verschluckt sich an ihren Pommes, hustet herzhaft.

»Wie kommst du denn darauf?«

»Ich habe gefunden, was ich all die Jahre gesucht habe.«

»Ja, beim Sex. Aber wir haben uns noch kaum über etwas unterhalten. Nichts Ernstes, meine ich. Wir hatten noch nie einen Streit, keine Diskussion. Wir wissen nur, dass unser Sex geil ist.«

»Willst du es mir ausreden? Ich dachte, du freust dich.« Er klingt enttäuscht.

»Ich will dir weder etwas ausreden noch einreden. Ich dachte immer, bis auf den Sex funktioniert eure Ehe.«

»Ich liebe sie nicht mehr. Ich mag sie. Aber ich denke nicht, dass das reicht, um für den Rest meines Lebens mit ihr zusammen zu sein.«

»Dann trenn dich von ihr. Aber mach es nicht von mir abhängig, okay? Das zwischen uns muss wachsen, es ist zu früh, um über die Bettkante hinaus zu entscheiden.«

»Du bist deprimierend vernünftig.«

»Nur realistisch.«

»Aber du gibst uns eine Chance?«

Warum will er nur alles so konkret wissen? Warum nicht genießen, was sie haben? Die Zeit wird zeigen, ob es mehr ist oder nicht.

»Ja, ich gebe uns eine Chance.« Da küsst er sie.

***

Später, wieder im Atelier, schlafen sie miteinander. Sehr sanft und zärtlich. Elena ist noch ganz überreizt von ihrer kleinen Orgie, auch die Erinnerung daran tut ihr Übriges und sie gleitet in zwei herrliche Höhepunkte, fest umschlungen von Tobias. Danach liegen sie atemlos nebeneinander und starren beide an die Decke. Plötzlich muss Elena lachen.

»Was ist los?«

»Da war ich endlich einmal in einem Pornokino und habe nichts von dem Film mitbekommen.«

»Ja. Denn du warst der Porno. Und glaub mir, das war viel geiler als das, was auf der Leinwand zu sehen war.« Sie lachen beide.

»Wann ziehst du hier wieder aus?«

»In ein paar Tagen, denke ich. Je nachdem, wie schnell Reinhard mit dem Umsiedeln ist. Ich kann hier aber so lange bleiben, wie ich will.«

»Ich habe das Gefühl, als wären wir hier auf einer Insel, auf der uns niemand erreicht.«

»Ja, es geht mir auch so. Etwas Besseres hätte mir nach der Trennung nicht passieren können.«

»Tut es dir leid?«

»Die Trennung von Reinhard? Nein.«

»Ich meine, dass du wieder hier raus- und zurück in deine Wohnung musst.«

»Ja und nein. Dann weiß wieder jeder, wo ich bin und ich muss Verantwortung übernehmen, arbeiten - all das Zeug. Andererseits hatte ich noch nie eine Wohnung für mich alleine. Darauf freue ich mich.«

»Darf ich dich dort auch besuchen?«

»Na, das hoffe ich doch stark, dass du kommst.«

Sie küssen sich. Dann sieht Tobias auf seine Uhr.

»Verdammt, ich muss gehen. Ich habe gar keine Lust, viel lieber möchte ich hier bei dir bleiben.«

»An mir liegt es nicht.«

»Ich weiß.« Schweigen. Er beugt sich wieder zu ihr, küsst sie tief und lange.

Dann ist er fort und schön langsam beginnt er, ein Loch in Elenas Dasein zu hinterlassen, wenn er geht. Und wenn sie an ihn denkt, hat sie Schmetterlinge im Bauch. Auch das noch - sie hat sich also wirklich in Tobias verliebt. Das war aber echt nicht geplant. Gefühle halten sich nun mal nicht an Vorgaben. Willst du Gott zum Lachen bringen, erzähle ihm deine Pläne. Doch das Gefühl ist schön und es ist so lange her, beinahe fünfzehn Jahre, seit Elena zum letzten Mal verliebt war. Damals in Reinhard. Ja, lange ist es her.

Elena, noch gar nicht müde, kramt in ihrer Handtasche nach ihrem Kalender, vielleicht arbeitet sie noch ein wenig. Da fällt ihr Blick auf das heutige Datum und sie bekommt einen riesigen Schreck. Bea hat heute

Geburtstag! Um Himmels willen, die stille, schüchterne Bea, die außer Elena kaum Freunde hat und Elena, die untreue, geile Seele hat es vergessen. Sofort greift sie zu ihrem Telefon und wählt Beas Nummer.

»Alles Gute zum Geburtstag!«

»Oh, Elena! Ich dachte schon, du hast mich vergessen.«

»Natürlich nicht!«, lügt Elena tapfer. »Was hast du denn heute Schönes gemacht?«

»Ferngesehen.«

»Was? An deinem Geburtstag? Das geht nicht. Pass auf, es ist noch nicht spät, ich komme zu dir und wir trinken was und plaudern.«

»Das musst du nicht.«

»Aber ich will es. In einer halben Stunde bin ich da.«

Zwar hat Elena so gar keine Lust, in die kalte Winternacht hinauszugehen, aber das geht ja nun wirklich nicht, dass Bea an ihrem Ehrentag nur vor der Glotze sitzt. Ein Geschenk! Mist, sie hat nichts. Zwei Flaschen Sekt - für Bea, die nie Alkohol trinkt. Also muss ein Gutschein her. Sie stibitzt eines der schönen Papiere von Susannes Arbeitstisch und schreibt einen Gutschein für eine Gesichtsbehandlung bei einer Kosmetikerin. Gut. Das ist ein luxuriöses Geschenk. Sie zieht sich an, packt den Sekt ein und ruft sich ein Taxi. Um 21 Uhr kommt sie bei Bea an, die sich von Herzen freut. Und ausnahmsweise lässt sie sich auch dazu überreden, mit Elena Sekt zu trinken - nachdem sie ganz begeistert wegen des Gutscheins ist. Und als sie dann zu trinken beginnt, ist sie selbst erstaunt, wie gut ihr der Sekt schmeckt. Nun, Elena hat auch keinen billigen Fusel gekauft. Als der Alkohol zu wirken beginnt, folgt der denkwürdigste Abend, den Elena jemals mit Bea erlebt hat.

17.

Das Bea überhaupt davon erzählt, grenzt an ein Wunder. Zwar ist Elena das, was man gemeinhin die »beste Freundin« nennt. Trotzdem bedarf es der beiden Flaschen Sekt, bis Bea so betrunken ist, um Elena die eine Frage zu beantworten, die dieser seit Jahren auf der Seele brennt: Hat Bea, achtunddreißig Jahre alt, schon einmal Sex gehabt?

»Nein«, lallt Bea.

»Was - nein?«, fragt Elena.

»Habe noch nie Sex gehabt.« Und als ob das noch nicht genügen würde, setzt Bea noch nach: »Und auch noch nie 'nen Orgasmus.«

Elena ist sprachlos. Das kann doch nicht sein! Mit achtunddreißig Jahren! Bea nickt aber sekttrunken. Und dann, zu Elenas großer Überraschung, beginnt Bea, ihre Geschichte zu erzählen.

Bea entstammt einer sehr reichen und einflussreichen Familie. Reichtum und Einfluss nahmen jedoch so viel Zeit in Anspruch, dass Beas Eltern einfach keine Zeit hatten, sich um dieses Kind zu kümmern. Eine Lösung wurde gesucht und gefunden in Form von Großtante Renate, eine einsam lebende Cousine eines Schwagers von ... schlag mich tot. Großtante Renates Einsamkeit war eine Belastung für die ganze Familie, man fühlte sich zwar verpflichtet, aber eben wegen Reichtum und Einfluss hatte man auch für Großtante Renate keine Zeit. So schlug man also zwei Fliegen mit einer Klappe und die kleine Bea zog bei Großtante Renate ein. Die war froh, das vernachlässigte Balg in ihre Finger zu bekommen und eine unschuldige Kinderseele zu erretten und auf den einen, den rechten Weg zu bringen. Was bedeutete, dass Klein-Bea nach strengsten katholischen Grundsätzen erzogen wurde - Grundsätze, die Tante Renates Interpretation oblagen. Und die, um es kurz zu machen, päpstlicher als der Papst war. Die kleine Bea mochte die Rituale und Gebote der Tante - zum ersten Mal in ihrem jungen Leben gab es Punkte, an denen sie sich orientieren konnte. Und jemand kümmerte sich um sie. Beas Welt war soweit in Ordnung, selten hing der Haussegen schief, was daran lag, dass auch nur eine annähernde Gebotsübertretung hart bestraft wurde, sodass es gar nie zu einem großen Eklat kommen konnte. Wie gesagt, die Strafen waren hart. Züchtigungen mit dem Teppichklopfer oder Kochlöffel. Strafknien auf Holzscheiten, in der Ecke stehen, seitenweise Strafarbeiten schreiben - erteilt bei dem geringsten Anlass. »Wer sein Kind liebt, züchtigt es rechtzeitig«, lautete das Motto der Tante und sie war durch nichts davon abzubringen, dass selbst schon im kleinsten Kind und in der unschuldigsten Kinderseele Satan und die Erbsünde vorhanden waren und dass dies nur durch Glaube, Zucht, Disziplin und Ordnung in den Griff zu bekommen war. Bea fügte sich in diese Welt brav ein.

Richtig problematisch wurde es erst, als Beas Brüste zu wachsen begannen. Nacktheit galt ohnehin als Sünde, aber einmal erhaschte Tante Renate doch einen Blick auf das, was da keimte und bald nicht mehr zu verbergen sein würde. Höchste Alarmstufe! Jetzt wurde es richtig gefährlich, die Schlange, die große Versucherin, würde alles tun, um Bea in ihre Fänge zu bekommen, auch wenn diese erst zwölf Jahre alt war und von Jungs überhaupt nichts wissen wollte. Doch wehret den Anfängen! Und so erweiterte Großtante Renate ihr Regelwerk - alles zum Schutze Beas und um Gott zu gefallen.

Zuerst gebot die Tante, dass von nun an keine Türen mehr geschlossen wurden. Sobald Bea in ihrem Bett lag, mussten die Hände gut sichtbar auf der Bettdecke liegen. Manchmal machte die Tante auch nachts Kontrollen. Waren Beas Hände dann womöglich unter der Bettdecke, wurde sie durch einen scharfen Schlag geweckt. Dann wurde um Vergebung gebetet - obgleich Bea sich in sexueller Hinsicht nichts zu schulden kommen ließ.

Mit flammenden Reden, unterbrochen von Gebeten

wider die Versuchung und Unkeuschheit und Männer im Allgemeinen, wurde Bea so halbwegs aufgeklärt, den Rest erfuhr sie in der Schule oder reimte sich selbst und mit ihren Freundinnen Seltsames zusammen. Mit hochrotem Gesicht zeterte die Tante über die Unterdrückung der Frau bei der Missionarsstellung, schilderte geifernd vor Eifer die widerliche Vermischung der Körpersäfte beim Geschlechtsakt. Vor allem dieses ekelhaft klebrige Sperma, dieser Auswurf der Hölle, wurde Bea in den schrecklichsten Farben und Facetten geschildert.

Bea war gläubig. Und sie glaubte an einen strafenden Gott, der jede, sogar die kleinste Verfehlung wütend ahndete.

Ein wirklich schwarzer Tag war jener, an dem »der Fluch« in Beas Leben trat. Trotzdem musste man dankbar sein, denn so konnte sie Gott und der Kirche Kinder gebären.

Natürlich hatte Bea Verlangen. Nach Nähe. Nach Berührung. Und an manchen Tagen pulsierte dieses schwarze, behaarte Loch zwischen ihren Beinen wie verrückt und sie konnte sich nicht zurückhalten. Stets wachsam, auch noch mit über zwanzig Jahren, dass die Tante nichts bemerkte, fingerte sie sich selbst da unten, klatschnass, hoch erregt, keuchend, voll schlechten Gewissens und Reue. Und immer, wenn sie dachte: »Jetzt, jetzt!« - vorbei. Als würde man mit einer Nadel in einen aufgeblasenen Luftballon stechen. Welche Enttäuschung! Und welche Erleichterung, dass es nicht zum Äußersten gekommen war. Doch das schlechte Gewissen siegte immer - das Verlangen kam und ging, wie es ihm gefiel. Nur die Orgasmen nicht.

Vor Männern fürchtete Bea sich. Zu schrecklich, zu entwürdigend und grausam war ihr das Leben an der Seite eines Mannes geschildert worden.

So lebte Bea mit ihrer Tante, übte sich fleißig im Glauben und in inkonsequenter Enthaltsamkeit. Als sie dreißig Jahre alt war und Tante Renate verstarb, war sie selbst in ihren eigenen Augen bereits das, was man eine alte Jungfer nannte und über die andere lachten und bei der die Männer Wetten abschlossen, ob einer von ihnen sie herumkriegen könnte.

Beas bitteres Geheimnis in den letzten Lebensjahren von Großtante Renate war, dass sie sich sicher war, dass etwas bei ihr nicht stimmte. Wenn es gut und richtig war, was sie lebte - warum war sie dann nicht zufrieden? Warum ließ sich dieser Trieb nicht steuern? Zweimal hatte sie sich sogar ernsthaft verliebt, ja, einmal wurde diese Verliebtheit sogar erwidert - doch als der junge Mann sich nicht mehr mit Händchenhalten zufriedengeben wollte sondern nach einem ersten Kuss verlangte - riss Bea, siebenundzwanzigjährig, aus.

Immerhin begann sie ab diesem Zeitpunkt, über eine Therapie nachzudenken. Dazu kam es aber erst nach dem Tod von Großtante Renate, als Bea sich nämlich unendlich einsam fühlte, und alleine in der großen Altbauwohnung in der Innenstadt, schwer vermögend, doch emotional verarmt, wiederfand. Ein paar Male waren noch Männer aufgetaucht, die sie interessierten, doch aus Angst, sich zu blamieren, ließ sie die Finger davon, kleidete sich, wie es sich für einen Blaustrumpf gehört und ging einmal in der Woche zu ihrer Therapeutin, um das, was Tante Renate in sie hineingeprügelt und gebetet hatte, wieder aus Kopf und Seele zu bekommen. Eine Mammutaufgabe und nur langsam lockerten sich die so fest gemauerten Gedanken.

Doch bis zum heutigen Tage ist Bea ungeküsst und ungefickt. Und ohne Orgasmus.

***

Elena hat sich die ganze Geschichte angehört. Dass es in diese Richtung gehen würde, das hat sie schon erwartet, immerhin kennt sie Bea nun seit sechs Jahren. Da reimt man sich einiges zusammen. Aber so etwas? Achtunddreißig Jahre und noch nie … Nein. Das geht ganz und gar nicht. Elena betrachtet Bea, die mit geschlossenen Augen ins Sofa gekuschelt daliegt. Es ist Zeit, Bea ein wirklich notwendiges Geschenk zu machen.

Sie geht in die Küche und trinkt ein Glas Wasser, denkt kurz nach. Als sie zurückkommt, ist Bea eingeschlafen. Welch gute Gelegenheit!

»Wachküssen will ich dich nicht, aber …«, flüstert Elena. Damit setzt sie sich auf das Sofa, streichelt Beas Beine, arbeitet sich zu deren Innenseite vor und drückt die Schenkel sanft auseinander, sodass Bea nun weit geöffnet vor ihr liegt. Also los.

Mit ihren Fingern beginnt Elena, mit leichten Kreisen zu streicheln, sachte erst, bis zu Beas züchtigem weißen Baumwollslip, durch den Stoff wandert sie die fleischigen, äußeren Schamlippen entlang, erhöht vorsichtig den Druck. Bea seufzt leise. Gut. Elenas Finger wandern ganz vorsichtig unter den Rand des Slips und berühren Beas Vulva - deren Kehle entkommt ein tiefer, rauer Seufzer, schon bildet sich ein feuchter Fleck auf ihrem Slip. Elena lächelt, bewegt ihre Hand direkt auf die noch versteckte Klitoris ihrer Freundin zu und massiert sie. Sofort beginnt diese, ihr Becken gegen Elenas Hand zu drücken. Das Seufzen wird zum Stöhnen, das Becken bewegt sich schneller, der Slip ist nun eindeutig nass. Sehr nass.

Jetzt zum Angriff übergehen, denkt Elena und setzt sich so, dass sie im Notfall Beas Oberkörper gut festhalten kann, fährt vorsichtig, vorsichtig zum Eingang von Beas Möse, teilt die Schamlippen. Tiefes Stöhnen. Nun lehnt Elena sich über Beas Oberkörper, hält ihn fest - und schiebt drei Finger in Beas nur allzu bereite Höhle. Mit einem Schrei will Bea sich aufrichten, findet sich aber wie in einem Schraubstock fixiert. Elena umkreist die Klitoris, dann wieder direkt darauf, wieder Kreise, wieder kurz darauf. Bea schreit, schreit, windet sich, will Elena wegstoßen. Doch die bleibt eisern und mit aller Kraft, wo sie ist. Und wird selbst verdammt geil.

Plötzlich verwandeln sich Beas Schreie in tiefes, gutturales Stöhnen, beinahe wie ein Knurren. Erneut legt Elena die Hand direkt auf die Klitoris, verlangsamt aber ihre Gangart. Doch es gibt ohnehin kein Entrinnen mehr für Bea. Erbarmungslos. Und dann kommt sie. Zuerst bäumt sich ihr Becken auf, erstarrt, beginnt, zu zittern, die Oberschenkel beben. Dann ein Schrei, ein Brüllen aus einer zutiefst eingesperrten, gemarterten Seele. Und sie spritzt ab! Sogar durch den Slip ist ihr Squirting zu beobachten.

Es ist wie das Brechen eines Staudammes. Bea krallt sich an Elena fest. »Weiter!«, bettelt sie. »Weiter!« Und Elena macht weiter. Bis sie nach drei weiteren Orgasmen merkt, dass Bea zu kippen droht. Sie ist am Rande einer Hysterie. Elena umkreist die Möse ihrer Freundin nun weitläufiger, sanfter, was Bea etwas zu beruhigen scheint. Allerdings fühlt Elena nun ihre eigene Nässe, merkt, wie erregt sie ist und führt ihre Hand nun zwischen ihre eigenen Schenkel, doch Bea bettelt: »Bitte, bitte, mach es mit mir.« Mehr Aufforderung braucht Elena nicht. Sie zerreißt Beas Slip, zerrt an ihren Jeans, zieht sie mitsamt des Höschens herunter, lässt beides zu Boden fallen und wirft sich zwischen Beas Beine. Und so, während zwei triefend nasse Mösen sich aneinander reiben, werden erneut Dämme gebrochen und laute Lustschreie tönen durch die Stille der Nacht.

Danach ist Bea wieder halbwegs nüchtern und schämt sich.

»Was musst du von mir denken?«

»Dass ich dir ein schönes Geburtstagsgeschenk gemacht habe, oder nicht?« Stille.

»Bea?«

»Ich schäme mich so.«

»Warum?«

»Weil … wir sind beide Frauen …«

»Keine Angst, du bist nicht gleich lesbisch, nur weil du mal mit einer Frau Sex hast, glaub mir. Und wenn, wäre es auch nicht schlimm.«

»Aber ich werde dir nie wieder in die Augen sehen können!«

»Unsinn. Es war eine einmalige Sache und ich fand es saugeil. Schließlich bin ich ja auch höllisch gekommen.«

»Echt?«

»Hast du das nicht gemerkt.«

»Doch - ich war mir nur nicht sicher.« Dann lacht Bea. »Da mache ich jahrelang eine Therapie ohne jeden Erfolg und mit einem Mal … Wahnsinn! Ich kann es gar nicht glauben. Das ist so ein tolles Gefühl.«

Elena freut sich still. Aber etwas liegt Bea noch auf der Seele. »Du behältst das doch alles für dich, oder? Das, was ich dir erzählt habe und was wir gemacht haben.«

»Natürlich. Das ist unser Geheimnis. Und es war eine einmalige Sache«, wiederholt Elena.

»Okay. Mann, geht es mir jetzt gut!«

Was noch kommt, ist die Plauderei zwischen zwei Mädels. Bea hat einen neuen Schwarm und er scheint sich auch für sie zu interessieren. Und nun kommt sie sich auch nicht mehr so unzulänglich vor, jetzt hat sie auch Erfahrung.

»Meinst du, es stört ihn, wenn ich vorher noch nie mit einem Mann geschlafen habe?«

»Für gewöhnlich finden Männer das gut, wenn sie der erste sind.«

»Cool.«

Es ist spät, als Elena schließlich wieder im Atelier ankommt. So viel Sex wie heute hat sie noch nie an einem Tag gehabt. Befriedigt rollt sie sich in ihrem kleinen Bett zusammen und schläft ein.

18.

Und plötzlich ist er da, der Tag des Auszugs aus dem Atelier. Früher als geahnt, ist Reinhard in seine neue Wohnung gezogen. Er sagt, er wollte alles hinter sich lassen, braucht Abstand zu allem, was mit Elena zusammenhängt. Und er hat ein unglaubliches Timing, denn morgen kommen Susanne und Paul aus dem Urlaub zurück. Perfekt. Also fegt Elena wieder einmal durch das Atelier, um ihre Spuren zu beseitigen. Das Schlafsofa wird wieder eingeklappt, das Bettzeug nimmt sie mit nach Hause, um es dort zu waschen. Sie braucht zwei Stunden, dann sieht es so aus, als wäre sie nie hier gewesen. Unschuldig und sauber liegt das kleine Atelier vor ihr. Tobias hat den Arm um sie geschlungen.

»Fällt mir richtig schwer, von hier wegzugehen.«

»Na ja, irgendwann werden Susanne und Paul wieder Urlaub machen und jemanden brauchen, der auf das Atelier aufpasst.«

»Ich hoffe, sie machen oft Urlaub.« Mit diesen Worten packt er Elenas Sachen und geht hinaus zum Auto.

Elena bleibt noch einen Augenblick stehen. Dieser Ort hat für sie noch weitaus mehr Bedeutung als für Tobias. Hier hat ihre persönliche Befreiung stattgefunden. Sie ist nicht mehr dieselbe Frau, die vor drei Wochen hier gebrochen, traurig und zerknirscht eingezogen ist. Sie denkt an den Unbekannten der ersten Nacht, an Sandro und den Zuchtmeister. Den schmierigen Kerl, dem sie für Geld einen runtergeholt hat. Und dann kam schon Tobias. Ihr erstes Mal, da, an diesem Tisch, später der Vierer mit Harald und Ben. Und schließlich Ingrid. Wie viel doch in so kurzer Zeit geschehen kann. Nun ist es Zeit, zu gehen. Noch einmal dreht sich Elena um und lächelt. Dann schließt sie die Tür hinter sich.

Eine halbe Stunde später betreten sie gemeinsam Elenas Wohnung. Reinhard hat so gut wie alle Möbel mitgenommen, zum Glück auch das Bett. Elena würde darin nicht noch einmal schlafen wollen. Sie stellen das Gepäck ab und Tobias sieht sich um.

»Sehr nett, gefällt mir. Aber als Erstes sollten wir ein Bett für dich kaufen.«

»Ja, ich habe mein Sparbuch geplündert, lass uns loslegen.«

Und ab geht es in ein großes Möbelhaus. Eigentlich

findet Elena solche Einrichtungshäuser sehr erschöpfend. Aber mit Tobias macht es Spaß. Sie probieren verschiedene Betten aus und Elena entscheidet sich schließlich für ein großes Boxspringbett. So eines wollte sie schon immer haben. Bettzeug, Handtücher, Geschirr - endlich alles in jenen Farben, die Elena gefallen. Ein paar Topfpflanzen, neue Vorhänge, ein Arbeitstisch und eine schöne Stehlampe. Dann haben sie die erste Etappe geschafft und Elena bleibt sogar noch etwas von ihren Ersparnissen übrig. Anschließend fährt sie mit Tobias' Wagen nach Hause, denn er lenkt den großen Transporter, den sie sich ausgeliehen haben.

Es ist Knochenarbeit, alles in die Wohnung zu schleppen. Zum Glück ist Tobias ein geschickter Handwerker, in drei Stunden haben sie alles aufgebaut und Elena bezieht das Bett. Tobias steht neben ihr und sieht ihr zu.

»Worauf wartest du?«

»Na, rate mal.« Elena kichert und beeilt sich.

»Ich bin aber ganz verschwitzt, Tobias.«

»Geil. Los, komm her.«

Er zieht sie auf das Bett und sie setzt sich rittlings auf ihn. Sofort gleiten seine Hände unter ihr T-Shirt.

»Ich muss dir was erzählen.«

»Was, mein Engel?«

»Ich habe vorgestern mit einer Frau geschlafen.«

»Was?«

»Entsetzt dich das?«

»Nur, dass ich nicht dabei war. Erzähl.«

Zwar bricht Elena das Versprechen, dass sie Bea gegeben hat, doch vor Tobias will sie keine Geheimnisse haben. Außerdem kennt er Bea nicht und selbst wenn er sie eines Tages kennenlernen sollte, wird er Gentleman genug sein, den Mund zu halten. Als sie ihm von ihrem Erlebnis erzählt, muss sie sich ein Lachen verbeißen, denn unter ihrem Becken spürt sie, wie ihn die Geschichte erregt und sie leicht angehoben wird.

»Das muss ich ja toppen, sonst wechselst du mir noch ins andere Lager.«

»Ich denke, die Gefahr besteht nicht.«

»Der kluge Mann sorgt vor«, spricht Tobias weise und schubst Elena von sich herunter.

»Zieh dich aus.« Während Elena sich ihrer Kleider entledigt, verschwindet Tobias kurz und kehrt mit den Gurten wieder, mit denen die Matratze des Bettes zusammengebunden war.

»Arme und Beine auseinander.« Interessiert beobachtet Elena, wie er ihre Hand- und Fußgelenke an den Bettpfosten festbindet. Mit Elenas eigenem Schal verbindet er ihr die Augen. Dann streichelt er sanft über ihre zarte Haut.

»Ich habe Lust, dich zu bestrafen, weil du Sex mit jemand anderem hattest, ohne mich zu fragen. Ja, ich glaube, da ist eine Strafe fällig.« Bei diesen Worten zieht sich Elenas Magen zusammen. Sie ist aufgeregt, erregt und neugierig. Aber nicht lange. Denn da vernimmt sie ein wohlbekanntes Surren in der Luft und sein Gürtel klatscht auf ihre Oberschenkel.

»Au!«

»Das hast du verdient, du kleines Luder.«

Zack - der nächste Hieb und Elena schreit wieder auf. Es tut wirklich weh, doch wie stets, fängt dabei auch ihr Innerstes zu vibrieren an, vor allem dieses Lustloch, dessen Gier einfach nicht zu stillen ist. Der nächste Schlag. Elena zerrt an ihren Fesseln, aber sie halten, keine Chance, zu entkommen. Die Gurte schneiden in ihre Handgelenke ein.

»Halt still, du tust dir nur weh.«

Sie versucht wirklich, ruhig zu liegen, doch schon beim nächsten Treffer des Gürtels bäumt sie sich erneut auf, versucht, einen heftigen Schrei zu unterdrücken.

»Du fickst also mit anderen Frauen, wenn ich nicht da bin. Wirst du das noch einmal tun?«

»Nein!«

»Wirst du mich ab jetzt fragen?«

»Ja!«

Wieder züchtigt er sie, dabei keucht er hörbar. Langsam lässt er den Ledergürtel über die geschundenen Stellen gleiten, weiter hinauf, über den Bauch, über ihr Dekolleté. Dann surrt es erneut, pfeift, klatscht, schmerzt.

»Bitte nicht mehr, es tut so weh!«

Sofort hört er auf, beugt sich über sie und verschließt ihr den Mund mit einem langen Kuss, während seine

Finger nachprüfen, welche Wirkung die Schläge auf Elena hatten.

»Du bist total nass.«

»Ja.«

»Magst du es, wenn ich dich züchtige?«

»Ja, sehr.«

»Gut, ich mag es auch.«

Erneut folgt ein Kuss, Elena zuckt zusammen, als er die Striemen auf ihren Schenkeln berührt. Er zieht die Hand zurück. Elena liegt still. Sieht nichts, hört nichts. Was macht er? Da nimmt er ihr den Schal von den Augen.

Weiter tut er nichts. Er liegt nur da und betrachtet sie glücklich. Ohne ein weiteres Wort legt er sich auf sie und dringt in sie ein. Mit quälend langsamen Bewegungen fickt er sie, seine Schenkel reiben dabei an den gezüchtigten Stellen. Elena empfindet so Schmerz und Lust gleichzeitig, was sie total anturnt. Gerne würde sie ihm ihr Becken entgegendrücken, aber sie wagt es nicht, sie weiß nicht, ob er noch in der Stimmung ist, sie weiter zu bestrafen. Zu bestrafen … alleine diese Gedanken machen sie noch heißer und zum Trotz drückt sie ihren Unterleib gegen ihn.

»Habe ich gesagt, du sollst dich bewegen?« Sie schweigt.

»Habe ich gesagt, dass du dich bewegen sollst?«

»Nein.«

Sie hat es provoziert, sie weiß es, als er von ihr herabgleitet und erneut zum Gürtel greift. Er lässt sie aber warten und diese Spannung macht sie so richtig geil. Bitte, er soll sie schlagen, sie nehmen, sie will ihm gehören!

Schon trifft sie der Gürtel, dann noch einmal und noch einmal. Sie heult auf, er hält ihr den Mund zu.

»Ich werde einen Knebel für dich besorgen, sonst schreist du noch die Nachbarn zusammen.« Oh ja, Elena möchte geknebelt werden. Gefesselt und geknebelt ihm ausgeliefert, das ist genau das, was sie will. Nach drei weiteren neuen Striemen auf ihren Schenkeln legt er sich wieder auf sie und diesmal hält Elena still. Es kostet sie große Anstrengung, aber das ist nur ein weiterer Kick. Er ist bereits in ihr und bohrt sich langsam seinen Weg in sie hinein. Tiefer und tiefer, küsst sie, leckt über ihre Lippen, vergräbt sein Gesicht an ihrem Hals und packt sie fest an den Schultern. Tobias erhöht sein Tempo - das ist sein Fick, sie steht ihm nur zur Verfügung, er stößt schneller und härter zu. Er verkrallt sich in ihr Fleisch, es wird immer schwieriger, stillzuliegen, doch sie schafft es. Sie möchte ihn glücklich sehen, will, dass er so vergeht vor Lust, wie sie es tut. Elenas Anstrengungen fallen auf fruchtbaren Boden, es macht Tobias heiß, sie so wehrlos unter sich zu haben, seinen Befehlen gehorchend. Ihre Ruhe treibt ihn an, ihr Stöhnen noch mehr. Er wird schneller in seinen Bewegungen. Elena muss an die unermüdliche Nadel einer Nähmaschine denken. Sie spürt, hört, dass er kurz davor ist, zu kommen. Noch ein paar Stöße, dann ist es so weit. Sie ist selbst so erregt, sie beneidet ihn, dass er seine Lust ausleben darf und ist so glücklich, sich für ihn zurückzuhalten. Plötzlich ruft er laut ihren Namen und kommt mit tiefen Stößen.

Danach liegt er schwer atmend auf ihr. Rollt von ihr herab und macht sich an ihrem Lustknopf zu schaffen. Jetzt ist sie wieder frei, nun darf auch sie sich ihrer Lust hingeben und sie tut es mit Körper, Seele und Geist. Als sie kommt, ist es tief und schön.

Er löst ihre Fesseln.

»Ich finde, wir haben dein neues Bett gut eingeweiht.«

»Ja, mein Schatz, das haben wir. Es hätte nicht besser und würdiger sein können. Eignet sich gut zum Vögeln, dieses Bett.«

»Allerdings.« Er zündet für sie beide eine Zigarette an.

»Möchtest du Kaffee, Tobias?«

»Gerne.«

Nackt huscht sie in die Küche und setzt Kaffee auf. Wäscht zwei der neuen Tassen ab, stellt sie auf ein Tablett. Wenn sie sich so umsieht, gibt es eigentlich kaum noch eine Spur des Zusammenlebens mit Reinhard, was ihr mehr als recht ist. Was für eine Vergeudung von Zeit waren die letzten Jahre gewesen. Sie hätte viel früher gehen, einen Schlussstrich ziehen sollen. Dann hätte sie schon eher all diese Freuden erlebt, all diese Wonnen, die sich so verdammt gut und richtig anfühlen. So aber war sie an der Seite von Reinhard wie ein Blümlein vertrocknet und verdorrt und genau genommen war es ein Wunder, dass am Eingang ihrer Möse keine Spinnweben zu finden gewesen waren. Ein hartes Bild, aber es entspricht nun einmal den Tatsachen.

Andererseits hatte sich vielleicht all dieser Frust in ihr aufstauen müssen, um endlich den Mut zu finden, zu sich selbst zu stehen. Sie selbst ... Was ist sie nun eigentlich? Devot? Masochistisch? Einfach nur geil? Elena blickt gedankenverloren aus dem Fenster in den Innenhof, der in ein paar Wochen wieder zu grünen beginnen wird. Frisches Leben wird kommen, passend zu ihrem neuen Leben. Ein Blühen und Strahlen.

Sie gießt Milch in ein Silberkännchen, stellt den Zucker auf das Tablett. Wartet auf das Blubbern der italienischen Espressokanne.

Es ist eigentlich völlig gleichgültig, wie man das nennt, was sie ist. Wichtig ist, dass sie es ist. Dass sie endlich glücklich und mit sich im Reinen ist. Und das ist nun der Fall.

Der Kaffee ist fertig und sie gießt das heiße, dunkle Gebräu in die Tassen. Wenn man sich mit einem Mann nicht einmal über die Farbe des Geschirrs einigen konnte, was war dann von den anderen Bereichen des Lebens zu erwarten?

»Kommst du, mein Engel?«, ruft Tobias aus dem Schlafzimmer und Elena eilt zu ihm, zu ihrem neuen Leben.

Weitere erotische Geschichten:

Nancy Greyman

Wehrlose Begierde

Lucy und Joseph sind ein Paar. Eines Abends wird Lucy auf einer Party von gleich zwei Männern rangenommen: von Joseph und dessen Freund Gabriel.
Sie versucht, sich zu wehren, doch die Lust und die Männer sind zu mächtig. Selbst die Flucht ins Paradies hilft nicht, den sexuellen Gelüsten der Männer zu entfliehen. Ihre sinnlich-dominanten Spielchen wecken ungeahnten Genuss und unermessliches Begehren in Lucy. Sie dreht den Spieß um und präsentiert sich als lustvolle Verführerin.
Doch wieder zu Hause angekommen, muss Lucy sich der Realität stellen und der Frage: Kann eine Beziehung zu zwei Männern auf Dauer gut gehen?

Ayana Hunter

Sinfonie der Lust

Lara fühlt sich in ihrer Ehe gefangen und sehnt sich nach erotischem Neuland.
Marc ist ein Mann, dem eigentlich alles in den Schoß fällt. Die Frau fürs Leben hat er aber noch nicht gefunden, weil ihm die Schwärmerei für seine Jugendliebe immer wieder im Weg steht.
Ihre Freunde Vanessa und Ben, die selbst nicht so richtig zueinanderfinden, bringen Marc auf Umwegen dazu, Lara in ein erotisches Spiel zu verwickeln.
Lara weiß nicht, wer hinter dem geheimnisvollen Fremden steckt, der ihre düstersten Fantasien zum Leben erweckt. Doch gerade als Bens Plan aufzugehen scheint, passiert etwas Unerwartetes und das Chaos nimmt seinen Lauf. Was als sinnliche Sinfonie geplant war, zieht alle Beteiligten in einen wilden Strudel aus Liebe, Lust und Leidenschaft.

Weitere erotische Geschichten:

Holly Rose

Lesbische Liebe

Erleben Sie in neun aufregenden Geschichten die unterschiedlichen Facetten von Sex und Liebe zwischen Frauen:
Da ist Peggy, die von Männern die Schnauze voll hat und sich in der Disco gern von Mara verführen lässt. Oder Theresa, deren Masseurin es nicht nur auf ihren Rücken, sondern auch auf ihre intimsten Stellen abgesehen hat ...
Und wer hätte gedacht, dass sich unter dem Dach eines Indoor-Spielplatzes für Erwachsene Schaukeln mit eingebauten Dildos, Liebesnester mit Massagedüsen und Rutschen mit Noppen verstecken?
Lassen Sie sich entführen in die Welt der lesbischen Liebe und werden Sie Zeuge sinnlicher, gieriger und hemmungsloser Erotik ...

Aimée Rossignol

Marthas Liebschaften

Die Klavierlehrerin Martha hat viele Liebschaften: ihren lebensuntüchtigen Ex-Mann Luc, den schweigsamen Klavierstimmer Nicolas, der nicht nur ihren Flügel stimmt, und den jungen Audric. Als Audric von Martha dann auch noch Klavierunterricht bekommt, wird ihr Leben erst richtig kompliziert ...
Ist unter all diesen Männern auch der eine, der sie wirklich glücklich machen kann?

Enrique Cuentame

VollLust

22-mal erotisches Kino für den Kopf - heiß, voller Verlangen und Leidenschaft. Hier verschwimmt die Grenze zwischen Dominanz und Unterwürfigkeit, denn Gelegenheit macht Sex. Mal zufällig, mal geplant, mal wissenschaftlich experimentell ...
Ob durch einen unbedachten Schritt, vergessene Unterlagen im Büro, bei einer Fahrradtour oder bei einem simplen Restaurantbesuch. Ob mit dem unbekannten Gast, der Superheldin oder dem Marathonmann ... Lassen Sie sich verführen und blicken Sie in die Abgründe der Begierde.